오히려 좋아

차례

프롤로그 ⌒ ⌒ ⌒ 6

Part 1

유쾌하고 씩씩하게

⌒ ⌒ ⌒ 8

굴곡 받고 빡센 삶 ⌒ 감정 연금술사 ⌒ 네 탓이오 ⌒ N등의 삶 ⌒ 다음 기회에 ⌒ 인생 매뉴얼 ⌒ 성공은 남이 알아주고 성장은 내가 알아준다 ⌒ 셀프 학점 ⌒ 아니, 이런 분이 다 있다니 ⌒ 1초면 되는 걸 ⌒ 망한 유튜버 선발대회 ⌒ 롤러코스터 인생 ⌒ 못 하겠다고 말하는 용기 ⌒ 장래 회망을 정하는 규칙 ⌒ 분노의 곱창 ⌒ 편견 없는 청첩장 ⌒ 누군가의 산타들 ⌒ 목욕탕을 빌린 것 같아 ⌒ 으른이 ⌒ 그동안 감사했습니다 ⌒ 너 왜 비싼 척해? ⌒ 엄친딸 코스프레 ⌒ 육각형의 사람 ⌒ 건강부터 챙겨요 ⌒ 배플이 진실인 세상 ⌒ 포도알 스티커 ⌒ 부러움 리스트 ⌒ 사주팔자와 연애운 ⌒ 오늘도 제 자랑을 들어 줘서 감사합니다 ⌒ 특기는 점프 ⌒ 회선다음 ⌒ 직업을 추천해 주는 직업 ⌒ 물고기를 잡는 경험 ⌒ 너는 웃길 때 제일 예뻐 ⌒ 행복 종합 선물 꾸러미

Part 2
내가 나를
안아줄 수 있다면

그림자 없는 인생은 없지만 ○ 나의 첫 명품 가방 ○ 십 년 전의
나에게 해 주고 싶은 말 ○ 어제 오늘 내일 ○ 울다가 웃었던 밤 ○
정신과 조언의 핵심 ○ 깨진 그릇은 앞으로도 깨진 그릇 ○ 발끝
에 긍정을 못 박아야 하는 이유 ○ 알 게 뭐야 ○ 열한 번의 이사
○ 뜨겁기보단 따뜻하게 ○ 마음의 방 ○ 채나무는 튼튼해요 ○ 그
럴 수 있어 ○ 밥그릇 봄그릇 ○ 앞으로 듣지 않을 질문 ○ 유신론
자 ○ 화를 다스리는 방법 ○ 유체 이탈 ○ 나의 새벽을 지켜 주는
사람 ○ 실수를 계속 생각하는 마음이 실패인 거야 ○ 해 보지 않
은 사람들의 조언 ○ 영혼의 체중계 ○ 비누 받침대 같은 사람 ○
고릅 인간 ○ 여러 명이 좋아합니다 ○ 잘지내??가 잘지내.로 되기
까지 ○ 자취가 어른을 만든다 ○ 삶의 목적 ○ 사랑하는 사람과
평생 된장찌개를 먹는 일 ○ 어른도 이 모든 것이 처음이니까 ○
생각하는 대로 말하는 대로 ○ 부치지 못한 편지

Part 3

우리의 소중한

오늘에게

⌒ ⌒ ⌒ 196

남들처럼 말고 나처럼 ⌒ 쌀과 기름을 만들어 주는 마법 ⌒ 오늘의 선택, 내일의 결과 ⌒ 인연을 이어 나가는 일 ⌒ 행복 전도사 ⌒ 99개의 선물과 1개의 악플 ⌒ 안티 카페와 팬 카페 ⌒ 오늘 지금 당장 ⌒ 나라는 연극 ⌒ 닮은 인연과 닮은 인연 ⌒ 매듭 ⌒ 제대로 사과하는 법 ⌒ 우리의 고민 ⌒ 누가 누구의 멘토인가 ⌒ 노력보다 질투가 쉽다 ⌒ 선물 같은 사람에게 ⌒ 평범과 비범 ⌒ 친구와 거리두기 ⌒ 내 선택을 믿는 지점 ⌒ 믿음과 행복이 스며든 사이 ⌒ 사람은 쉽게 변하지 않는다는 말 ⌒ 장례식과 파스 ⌒ 칭찬 반복 재생 ⌒ 행복은 찰나에 존재한다 ⌒ 조언과 응원의 차이 ⌒ 물건을 사지 말고 경험을 사세요 ⌒ 많이 넘어진 사람은 어떤 길도 갈 수 있다 ⌒ 꿈을 그리는 이에게 찾아오는 기회

에필로그 ⌒ ⌒ ⌒ 274

어떤 일이 펼쳐져도

오히려 좋아

어릴 적부터 평범이라는 단어에 제 인생을 끼워 넣고 싶을 만큼 평범한 삶을 동경했습니다. 하지만 제 뜻과 다르게 가족도 연애도 직업도 모두 평범하기보다 굴곡이 심한 상황들을 자주 겪었어요. 어렸을 때는 굴곡의 바닥에 있을 때마다 '내 인생은 왜 이럴까?', '남들은 다 평범한데 나한테만 나쁜 일이 일어나네.'라고 곱씹으며 부정적인 생각의 굴레에서 못 빠져나오기도 했지요.

그런데 살다 보니 나쁜 일이 있으면 곧바로 뒤이어 좋은 일이 저를 깨우더라고요. 나쁜 일 때문에 부정적인 생각으로 살고 있으면 '야, 정신 차려! 옜다 긍정!'하고 좋은 일이 계속 나타났어요. 나쁜 일 이후에는 무조건 좋은 일이 일어난다는 규칙을 경험하고 나니까, 이제는 나쁜 일이 일어나면 '오히려 좋아'라고 생각해요. 다음에 어떤 좋은 일이 나를 기다리고 있길래 나쁜 일이 일어나는 거지? 라고요.

여러 길에서 넘어져 본 저는 이제 어떤 길이든 잘 달려 나갈 수 있고, 많이 울어 본 저는 웃음이 소중해서 남들보다 더 크게 웃을 수 있어요. 인생은 매 순간마다 본인이 생각하기 나름이더라고요.

그러니까 내 인생, 어떤 일이 펼쳐져도 오히려 좋아!

PART 1

유쾌하고 씩씩하게

굴곡 많고 빡센 산

나는 솔직하고 조급한 성격이라 화가 나고 힘든 일이 있을 때마다 친구들 단체 카톡 방에 온갖 앓는 소리를 쓴다. 그럴 때면 나의 착한 친구들은 각자의 직업이나 취미에 맞춰서 내게 조언을 해 준다. 어느 날은 친구들에게, 좋은 일과 나쁜 일이 넘쳐나는 내 인생을 매일 오르고 내리는 게 지친다고 칭얼거렸다. 그런데 친구들 중 등산을 좋아하는 친구가 내게 「굴곡 많고 빡센 산이 명산이야. 명산에서 해 뜨는 거 보잖아? 존멋.」이라고 답장을 해 주었다.

가끔 돌이켜 보면 인생이라는 산은 크고 나라는 사람은 작아서, 굴곡진 앞길에 한 발짝 내딛는 것조차 너무 힘겹게 느껴졌던 때도 있었다. 하지만 친구의 말을 빌려, 나와 당신, 그러니까 우리의 인생을 곱씹어 보면 명산도 이런 명산일 수가 없다. 쉽게 오를 수 없지만 오르고 나서 둘러보면 풍경이 멋있는 산. 명산에서 보는 해돋이와 해넘이는 또 얼마나 멋있냐. 우리 삶의 오르막길은 결국 명산의 정상으로 가기 위한 과정이 아닐까.

우리 삶의 오르막길은 결국

명산의 정상으로

가기 위한 과정이야

감정 연금술사

사춘기 때 경험한 부모의 이혼은 어린 내가 홀로 감당하기에 힘들었다. 외동으로 자랐기에 충격과 슬픔을 나눌 형제도 없었고, 또래 친구들은 이별 자체를 잘 몰랐던 터라 나를 오롯이 위로해 주기 어려웠다. 그때의 나는 부모가 선택한 삶으로 내 삶까지 변하는 것이 너무 싫었다. 살면서 처음 직면한 위기에 어찌할 바를 몰라서 그때의 상황을 일기장에 글로 쓰고, 울고를 반복했을 뿐, 그 어느 누구에게도 티 낼 수 없었다.

그렇게 평범한 척 고등학교 생활을 하고 있었을 때쯤, 2박 3일 수련회를 가게 되었다. 초중고 학창 시절 내내 나는 웃긴 걸로 유명했다. 반에서 제일 웃긴 애 정도가 아니라, 전교생이 나를 보러 우리 반으로 올 정도로 인기가 있었다. 전교 오락부장이었던 내게 고1 수련회는 엄청난 무대이자

기회였다. 수련회 전날 밤엔 어떻게 친구들을 웃길지, 어떤 선생님을 골탕 먹일지 기대하면서 잠들었다.

수련회 레크리에이션 시간이 찾아왔고, 반마다 체육관 바닥에 동그랗게 모여 앉았다. 10개의 원이 만들어졌고, 레크리에이션 강사는 각 반에서 가장 웃긴 친구를 무대 중간으로 불러 세웠다. 웃긴 걸로 전교권에서 놀던 나는 당연하게 원 안으로 들어가서 반 친구들의 환호성을 받았다. 나는 음악에 맞춰 막춤을 추거나, 선생님을 데려와서 부담스럽게 하는 행동으로 반 아이들뿐만 아니라 전교생을 웃다 쓰러지게 만들었다. 1년에 한 번이 아니라 계절마다 수련회를 가면 얼마나 좋을까? 라는 생각을 했다. 내겐 수련회에서 내가 웃었던 기억보다, 나를 보고 많이 웃고 소리를 질러 줬던 친구들의 표정과 목소리가 훨씬 선명하게 남았다.

수련회가 끝나고 며칠 뒤, 담임 선생님은 쉬는 시간에 나를 따로 불렀다. 담임 선생님은 네가 너무 열심히 웃겨서 탈진할까 봐 걱정했다고 하셨다. 그리고 조심스럽게 덧붙이셨다. 수련회 이후에 했던 우울증 검사 결과, 네가 우리 반에서 우울증 수치가 가장 높게 나왔다고. 나만 알고 있었던 나의 또 다른 모습을 들킨 것 같아서 부끄러웠다. 하지만 담임 선생님은, 네가 모두에게 밝은 아이인 만큼 우울증도 금방 나아질 것이라고 응원해 주셨다. 그리고 일주일에 한 시간씩 심리상담 교사와 시간을 보내도록 도와주셨다.

열일곱 살의 나는 상담실에서 매주 한 시간씩 심리상담을 받았다. 그때마다 넘어지고 일어나고 울고 웃었다. 그리고 다시 반으로 돌아와서는 아무렇지 않다는 듯 친구들을 웃겼다. 함께 와자지껄 웃으면서 지난날의 슬픔을 치료받았다. 고등학교를 졸업하고 대학에 진학해서도, 그리고 이 글을 쓰는 지금까지도 나는 내가 슬프면 일부러 남을 많이 웃겼다. 나는 도저히 웃을 수 없는 상황이라도, 다른 사람들이 웃는 것을 보면 참 좋았다.

어찌 보면 슬픔도 삶의 원동력이다. 나로 인해 사람들이 많이 웃었으면 좋겠다는 생각으로 지금까지 천여 개가 넘는 콘텐츠 클립을 만들었다. 앞으로 인생 목표는 콘텐츠를 1만 개 이상 만들어서 사람들을 더 많이 웃기는 것이다. 나는 사람들이 나를 보고 웃을 때의 그 눈과 웃음을 참지 못하고 와하하 벌려지는 입을 볼 때 행복하다. 나는 슬픔을 갈고 닦아 웃음을 만드는 감정 연금술사.

네 탓이오

도덕 시간에 배웠다. 남 탓을 하기보다는 내 탓을 하라고. 하지만 어른이 되고 여러 일을 겪으며, 내 탓을 하기보다 남 탓을 하는 게 정신 건강에 좋다는 걸 깨우쳤다. 물론 내가 책임져야 하는 일에는 '내 탓이오.' 해야 사회생활을 할 수 있다만, 그 외에는 대체로 '네 탓이오.'라고 생각하는 것이 속 편했다.

남을 위해서만 살 수는 없다. 우리 인생의 우선순위는 자기 자신이어야 하는데, 남만 생각하다가 나를 챙기지 못한다. 누군가가 나를 울게 만들고 화나게 만들었다면 연약한 내 마음을 탓하지 말고, 나를 울고 화나게 만든 상대방을 탓하자. 상처 받은 내 가슴에 손을 얹고 '네 탓이다. 쟤 탓이다. 남 탓하자.'라고 속삭여 보자. 헛웃음이 나오는 동시에 마음이 많이 가라앉을 거다.

N등의 삶

고등학교 시절 나의 단짝은 시험을 보면 대체로 반에서 2등을 했다. 몇몇 친구들은 2등에 머무르는 친구를 '만년 2등'이라고 뒤에서 놀려댔다. 나는 잔머리는 좋아도 공부 머리는 그저 그래서 열심히 노력을 하나 안 하나 만년 N등이었다. 반에서 손가락 안에 드는 성적이었지만 그 이상도 그 이하도 아니었던 나는 2등을 하는 단짝이 너무 부러웠는데, 몇몇 친구들은 2등도 못하면서 내 단짝을 2등이라고 뒤에서 흉보는 것이 너무 한심해 보였다.

그로부터 십 년이 지난 지금, SNS로 서로의 삶을 둘러봤을 때 우리 반 1등과 2등 그리고 N등은 고만고만하게 행복해 보이는 어른이 되었다. 성적으로 반에서 몇 등을 했건, 각자의 하루만큼은 1등으로 살아내는 어른.

최근 〈4등〉이라는 영화를 보았다. 제목처럼 영화에는

수영 대회에서 금, 은, 동상을 타지 못하고 4등을 하는 아이가 나온다. 부모는 아이의 재능이 4등이라 아쉬워하고, 아이 또한 본인이 4등인 것을 힘들어한다. 만년 N등이었던 나는 영화를 보면서 4등이라는 숫자가 대단해 보였다. 그런데 본인의 노력과 재능도 아니면서 4등을 아쉬워하는 부모와 선생님의 모습에, 수많은 N등의 삶을 다시 한번 생각하게 되었다.

애초에 N등을 하면 주변 사람들의 기대가 적지만, 곧 1등을 할 것 같은 2등, 그리고 조금만 더 잘하면 상을 탈 수 있을 것 같은 4등은 주변 사람들의 기대를 크게 받는다. 1등만큼이나 부담스럽고 무거운 삶. 곧 1등이 될 것 같은 삶을 나는 잘 알지 못한다.

학창 시절에는 성적으로 순위를 매기지만 막상 사회에 나가면 학창 시절에 몇 등을 했느냐는 그리 중요하지 않다. 물론 그때 얻은 성적과 순위로 좋은 대학에 갈 수 있고, 대학에서도 높은 학점과 등수가 취업 준비에 유리한 것은 맞지만, 우리 모두는 각자의 하루를 1등으로 살아가는 N등이라는 것을 알아야 한다. 나는 남들을 웃기는 것은 내 지인 중에서 2등 정도 되는 것 같고, 계획적으로 사는 것은 5등 정도 되는 것 같고, 설거지를 잊지 않고 하는 것은 뒤에서 1등 정도 되는 것 같다. 어떻게 보면 우리 모두는 결국 N등의 삶으로 이루어져 있는 것이다.

누구나 어떤 것은 잘하고, 어떤 것은 잘 해내지 못할 수 있다. 그러니까 내 인생의 수많은 성적표에 연연할 필요 없다. 오늘을 잘 보낸 것만으로도 우린 이미 1등이야.

오늘을 잘 보낸 것만으로도

우린 이미 1등이야

다음 기회에

뽑기를 하면 '다음 기회에'라는 말이 쓰여 있을 때도 있다. 비슷한 의미로 '꽝'이라는 말도 있지만, 나는 이왕이면 '다음 기회에'라는 말이 더 좋다. 어찌 됐든 지금이 아니더라도 언젠가는 당첨이 될 거라는 기대감, 누구에게나 기회가 있다는 희망의 뉘앙스가 좋기 때문이다.

인생은 선택의 연속이고, 우리는 평생 뽑기를 반복해야 한다. 인생 뽑기에도 1등이나 당첨이 있겠지만, 어쩔 수 없이 '꽝'도 있다. 우리들 인생에는 '꽝'보다는 '다음 기회에'가 많았으면 좋겠다. 내 인생의 여러 선택이 '꽝'이라면 슬프고, '다음 기회에'라면 씩씩하게 뽑기를 또 할 수 있을 거 같으니까.

인생 매뉴얼

SNS를 떠돌다 〈명절 잔소리 등급표〉를 보았다. "취직은 언제 하니?"라는 질문에는 3만원, "시집은 언제 가니?"라는 질문에는 5만원, "아기는 언제 낳니?"라는 질문에는 10만원 등. 명절에 잔소리 꽤나 들어봤을 법한 누군가가 취직도 안(못) 하고, 결혼도 안(못) 하고, 아기도 안(못) 낳는 우리들을 대신하여 만들어준 표였다.

명절이 되면 다들 한두 번 혹은 매번 관심인 척 포장한 잔소리를 들어봤을 것이다. 나도 한때는 명절마다 타인의 인생 매뉴얼을 따라 잘 살고 있음에도 친척 어르신들로부터 꾸준히 잔소리를 들었다. 대학생 때는 "지금 전공을 관두고, 초등학교 선생님을 하지 그러니?"라는 말을 들었던 적도 있다. 애초에 나는 초등학교 선생님을 할 머리도 안 되고, 초등 교육은 관심도 없는 분야고, 더군다나 대학 삼

수 지원금을 보태 줄 것도 아니면서 왜 그런 소리를 하셨던 걸까. 그리고 대학교 졸업 이후에는 "이제 대학교 졸업했으니 시집 가야지."라는 잔소리도 들었다. 내 나이 스물셋, 모아놓은 돈 0원. 무엇보다 시집을 위해 필요한 남편도 없고, 남친도 없고, 썸남도 없던 때. 그래서 어르신께 물었다. "그럼…… 제 결혼은 자웅동체로 하나요?"라고.

이후에도 명절 때마다 친척 어르신들은 모두 합심하여 나의 취직과 시집에 대해 물었다. 프리랜서로 잘 먹고 잘 살며 행복한 나에게 취직을 하라고 하셨고, 남자친구가 있어도 결혼 생각이 크게 없었던 나에게 계속해서 시집과 출산만이 효도라고 세뇌 교육하셨다. 하지만 서른의 나는 프리랜서의 미혼녀였다. 친척 어르신들에게는 내가 서른 살까지 취직과 결혼 그리고 출산을 하지 않은 불효녀로 보였겠지만, 나는 나 자신이 굳이 뭘 더 하지 않아도 행복한 사람인 것을 알고 있었다. 타인의 평균값이 모여진 인생 매뉴얼을 두고 "쟤는 졸업하자마자 취직해서 좋겠다.", "서른 살 되니까 여고 동창생들이 시집을 가는구나." 따위를 생각해 본 적 없이 행복한 사람 말이다.

나의 은사님은 예순이 넘어 초혼을 하셨고, 고향 친구는 열아홉에 아이의 엄마가 되었다. 우리가 감히 그들의 인생이 늦거나 빠르다고 평가하며 인생 매뉴얼을 들이밀 수 있을까? 각자의 시간에서, 각자의 인생에서 행복하면 되는걸.

성공은 남이 알아주고
성장은 내가 알아준다

서점에 가면 성공한 사람들의 책이 진열되어 있다. 세상에는 성공한 사람이 왜 그렇게도 많은 걸까. 나 빼고 다 호처럼 이름 앞에 성공을 붙이고 다니는 느낌이랄까. 서점에서 마주한 성공한 사람들의 이야기는 대체로 '기승전성공'으로 전개된다. 하지만 그들도 성공으로 가기까지 스스로를 갈고 닦는 성장이 필요했을 것이다.

성공으로 가는 데는 법칙이 없다. 노력과 운이 모두 따라줘야 하기 때문이다. 그들의 성공 이전에는 성장이 있었다. 성공은 남이 알아주고, 성장은 내가 알아준다. 자신과의 싸움에서 승리하는 성장이 있어야 남들에게 성공을 보여줄 수 있다.

셀프 학점

배움에 대한 열망 하나만으로 호기롭게 대학원에 입학했다. 대학원 입학 전에는 무엇이 필요한지 또는 수업이 어떤 방식으로 진행되는지 몰랐고, 오직 배움에 대한 열망만이 넘칠 뿐이었다. 대학원 면접 당시, 교수님께서는 "토익 성적이 없네요? 몇 점입니까?"라고 물어 보셨고, 나는 "10년 전에 대학교 입학할 때 봤던 시험이라 기억이 나지 않습니다."라고 대답을 피했다. 사실 기억은 하고 있었으나, 차마 말할 수 없는 점수였다. 그럼에도 불구하고, 점수의 공백을 충분히 채운 나의 패기 덕분에 나는 원하던 대학원을 합격했다.

그러던 어느 날, 영어 자료로 강의를 듣고 영어로 출제된 기말고사를 보는 과목을 수강하게 됐다. 지난 십 년간 영어를 한 번도 공부하지 않았던 터라, 영어로 진행되는 강의를 들을 때마다 나는 대충 알아듣는 척하며 눈치를 살폈다. 영어 공부가 아니라 표정 연기 공부를 하는 것 같았다. 이미 굳어버린 머리로 영어 공부부터 시작하긴 늦었으니 다른 방법으로 노력할 수밖에 없었다. 조별 과제를 위해 아침 7시에 조원들에게 모닝콜을 돌려가며 화상회의를 했고, 모르는 것이 있으면 수업 시간에 질문도 곧잘 했고, 영어 직독 직해를 못 하니까 번역기를 열심히 이용하기도 했다. 하지만 나의 영어 실력은 마치 흥선대원군과도 같아서, 출석이 완벽했음에도 C학점을 받으며 학기를 비극적으로 마무리했다. 대학원에서 C학점은 F나 마찬가지다.

대학원은 학점이 덜 중요하다고들 하지만 자존심이 너무 상했다. 나를 평가한 교수님의 냉정함을 공감받고자 박사과정 중인 선배에게 연락을 했다. 선배는 교수님의 냉정함보다, C학점을 받은 나를 기특하게 평가했다. 대학원에서 새로운 분야를 공부하며 지적 호기심이 생기는 것만으로도 충분하며, 배움에는 나이도 점수도 없는 것이라고 나를 위로해 주었다. 선배의 위로를 곱씹어 보니 그 수업에서 얻은 것들이 떠올랐다. 어차피 영어를 못하니까 '포기한다.'가 아니라, 나는 영어만 못하니까 나머지에 '최선을 다하자.'고 다짐했던 수업이었다. 실제로 난 영어를 제외한 모든 것에 최선을 다 했다.

수업에서 얻은 패배감으로 인해 깨달은 것이 있다. 백 그루의 나무 중 예닐곱 그루의 나무가 성치 않다고 해서 숲을 망쳐버리지 말고, 내가 키워 나갈 수 있는 더 많은 나무들을 살펴보는 사람이 되자는 것이다. 내가 잘할 수 있는 것에 최선을 다하며 배움의 즐거움을 잃지 않는 자세는 그 어디서도 배울 수 없었던 귀한 가르침이었다.

이 수업의 최종 학점은 C였지만, 중간 과정은 A 정도였으니 아무렴 어때.

아니, 이런 분이 다 있다니

친구의 소개로 유명한 광고대행사 대표님과 미팅을 했다. 대표님은 유튜버 채채라는 캐릭터에 관심을 가져 주셨고, 더불어 인간 채희선이라는 사람에게도 관심을 가져 주셨다. 미팅을 마치고 며칠 뒤, 대표님은 새로운 콘셉트의 영상 광고를 제안해 주셨다. 어쨌든 새로운 콘셉트의 영상 광고니까 그에 맞는 포트폴리오가 있어야 할 것 같아서 급하게 새로운 포트폴리오를 제작해서 보내 드렸다. 대표님은 「아니, 이런 분이 다 있다니….」라는 답장을 보내오셨다. 그리고 뒤이어 감사를 전했다.

나는 지금까지 다양한 사람들과 일하면서 다양한 칭찬을 들었다. '채채님 없었으면 큰일 날 뻔했어요.', '채채님 방송 진행 정말 잘하시네요.', '채채님 덕분에 광고주가 좋아했습니다.' 등등……. 하지만 '아니, 이런 분이 다 있다니.'라는 칭찬은 처음 들어봤다. 이 칭찬 덕분에 나는 나 자신이 당연하게 느껴지지 않고 무척 대단하게 느껴졌다. 그리고 나중에 내게 큰 도움을 주는 사람이 있으면 나도 마찬가지로 '아니, 이런 분이 다 있다니.'라고 칭찬해 주고 싶어졌다.

이왕 칭찬해 줄 거면 가장 인상 깊은 칭찬으로 상대를 기쁘게 해 주면 좋지 않은가. 누군가의 행동을 당연하게 여기지 않고, 그를 특별하게 표현해 주는 좋은 칭찬 하나를 배웠다.

1초면 되는 걸

  사람은 말하는 대로 생각하고, 말하는 대로 행동하게 된다. 말 한마디가 앞으로의 인생을 좌우하기도 한다. 나는 내 정신건강을 위해서 할 말은 다 하되, '죄송합니다.'와 '감사합니다.'를 입에 달고 산다. 별것 아닌 것에 죄송하고 더 별 것 아닌 것에 감사하며 산다. 이런 내 말버릇이 앞으로의 내 인생을 달라지게 만들 거라는 걸 믿기에, 계속 죄송하고 계속 감사한다.

  내 지인은 사람들과 메시지를 주고받을 때, 행여 상대방이 자신의 뉘앙스를 오해할까 봐 물결과 느낌표를 많이 쓴다고 했다. 「감사합니다」보다는 「감사합니다~」로, 「좋아요」보다는 「좋아요!!」로 표현한다고 하였다. 지인의 이야기를 듣고 보니, 특수문자와 이모티콘이 넘쳐나는 이 시대에는 단 1초만으로도 인생이 바뀔 수 있겠다는 생각이 들었다.

물결과 느낌표 그리고 특수문자를 적는 단 1초로 나는 사람들에게 표현 많고 다정한 사람이라고 기억될 테니까.

말 한마디로 천냥 빚을 갚는 시대는 지났지만, 특수문자와 이모티콘으로 마음을 표현하기 쉬운 시대가 열렸다. 어느 시대가 와도 말과 인생은 떼려야 뗄 수 없는 관계다 <3!

망한 유튜버 선발대회

한국에서 유튜브 플랫폼이 이제 막 성행했을 때, 일찍이 유튜브에서 동영상을 만들었던 사람들은 1세대 유튜브 크리에이터라고 불렸다. 1세대 유튜버들이 자유롭게 활동하던 때의 유튜브는 블루오션이었지만 요즘 유튜브는 레드오션이 되어 버렸다. 그 과정에서 원치 않게 탈락하는 유튜버가 생겨났다. 탈락한 유튜버들은 본인의 실수로 탈락하거나 아니면 시청자의 관심이 줄어들어서 탈락했다.

그리고 '망했다.' 혹은 '떡락했다.'와 같은 단어들이 몇몇 유튜버들 이름 앞에 수식어처럼 붙기 시작했다. 나는 이것을 이용해 재미있는 영상을 만들고 싶어서, 내 유튜브 채널에서 망한 유튜버 선발대회를 개최했다. 망한 유튜버 선발대회의 출연 기준은 내 기준에서 예전보다 구독자 수와 조회수가 줄어든, 나와 친한 유튜버들이었다.

망한 유튜버 선발대회는 서로 구독자와 조회수가 얼마나 줄어들었는지, 그러니까 얼마나 망했는지 확인하고 요즘 먹고살 만하냐며 서로 놀리거나 위로를 해 주는 것. 그리고 구독자들에게 우리를 상기시키는 것이 목적이었다. 그런데 영상을 촬영하면서 새로운 결론을 낼 수 있었다. 우리 중 아무도 망하지 않았다는 것이다. 망한 유튜버 선발대회에 나와서 웃으며 촬영할 수 있다는 것은 출연자들 아무도 도덕적으로 부끄러운 행동을 하지 않아서 가능한 것이었기 때문이다.

유튜브 채널의 구독자 수와 조회수가 줄어들었다고 해서 그 사람이 망했다고 할 수는 없다. 우리처럼 얼굴을 내비치는 직업을 가진 사람에게 '망했다'는 건, 더 이상 얼굴을 비칠 수 없게 되었다는 것 아닐까. 대중에게 부끄러운 행동 하나 하지 않고 묵묵히 영상 제작에 힘 썼다는 건 자랑스러운 일이다. 그런데도 서서히 줄어드는 구독자와 조회수를 받아들이는 과정의 불안함과 아픔은 본인이 아니면 알 수 없다.

1세대 유튜브 크리에이터인 나는 구독자와 조회수가 서서히 줄어드는 과정도 부끄럽지 않았다. 0명에서 53만명으로 올라가기까지, 53만명에서 44만명으로 내려오기까지 단한 번도 '죄송합니다.' 영상을 찍으며 구독자들에게 사과 해본 적이 없으니까. 제목은 망한 유튜버 선발대회였지만 알고 보면 떳떳한 유튜버 선발대회였던 참신한 기획이었다.

롤러코스터 인생

이십 대의 나는 늘 롤러코스터를 타고 있었다. 남들보다 굴곡 많은 인생. 굴곡도 많은데 속도도 빠른 인생에 안전바라고는 스스로에 대한 무한한 믿음뿐이었다. 허나 내 인생의 굴곡과 속도에 어느 정도 적응한 삼십 대의 나는, 바닥으로 내려가도 금방 또 올라간다는 것을 안다. 그래서 안전바를 꽉 잡고 즐긴다. 그저 나를 믿으면 된다.

산다는 것은 롤러코스터를 타는 것과 비슷하다. 롤러코스터가 출발하기 전부터 지레 겁먹고 비명을 지르느냐, 눈을 뜨고 손을 들며 즐기느냐는 온전히 나의 선택이다.

못 하겠다고 말하는 용기

광고대행사에서 회사원으로 서너 달 정도 일했던 경험이 있다. 처음 회사에 들어와서 잘 모르는 내게 친절하고 따뜻했던 팀장님께서는 많은 것을 알려 주셨다. 하지만 회사를 한 번도 다닌 적 없이 5년 차 프리랜서로 일을 해 왔던 나는 회사라는 시스템에 적응하기 힘들었다. 팀장님은 "희선님 이 일 해 볼래요? 희선님이 여기서 여기까지 도와주면 좋겠어요."라고 아주 매너 있게 나에게 임무를 주었지만, 나는 할 수 있는 일에만 "해 볼게요."라고 말하고, 못 할 것 같은 일은 무조건 "못 하겠습니다."라고 단호하게 대답했다.

임무 거절에 팀장님께서는 적잖이 당황하셨지만, 내게 계속 제안하실 때도 있었고 포기하실 때도 있었다. 하지만 내게 강요하거나 화를 내신 적은 없었다. 나는 할 수 있는 일은 그런대로 했고, 할 수 없는 일은 하려고 하질 않았다. 그러다가 할 수 없다고 말하는 것이 점점 늘어나서 회사를 관뒀다.

그리고 나는 다시 프리랜서의 삶으로 돌아갔다. 어느 날 회사원 친구들과 대화를 나누었는데, 내 친구들은 회사에서 다들 못 하는 것이 없었다. 시키면 대체로 다 해냈고, 스트레스를 받았다. 하지만 나는 시키는 것을 할 수 '있다'와 '없다'로 나누어서 어떤 건 승낙했고 어떤 건 거절했다. 팀장님이 만약 내 첫 거절에 "그래도 하세요. 무조건 하세요." 라고 했다면 나는 어떤 사람으로 성장했을까? 친절하고 따뜻했던 팀장님 덕분에 못 하는 것을 못 하겠다고 말하는 용기를 가질 수 있게 되었다.

하지만 이제 와서야, 못 하는 것도 때로는 "해 보겠습니다."라고 말하는 어른이 되고 싶기도 하다. 두려운 일에 선뜻 뛰어드는 용기를 지닌 사람만의 멋있음도 여러 번 보았기 때문이다. 못 하겠다고 말하는 것이 용기인 줄 알았던 나는, 못 하는 것을 해 보겠다고 말하는 것 또한 용기였음을 퇴사하고 나서야 알아 버렸다.

장래 희망을 정하는 규칙

학창 시절을 거치면서 보았던 자기소개서에는 '장래 희망'을 기재하는 칸이 있었다. 장래 희망을 기재하는 칸에 쓰이는 장래 희망은 대체로 한정적이었다. 내 기억 속에 있는 친구들은 대체로 경찰, 간호사, 선생님과 같은 장래 희망을 썼고, 나는 어릴 적부터 말을 잘하고 웃겼으니 '리포터'라고 썼다. 그 옆에 괄호를 쳐서 '코미디언'이라고도 적었다.

졸업 후에 나는 노력과 운이 모두 따라서 학창 시절부터 꿈꿔왔던 리포터가 되었고, 삼 년 차에 관두었다. 학창시절 내내 장래 희망으로 써냈던 직업을 관두고 뒤돌아보니, 과거는 보이는데 미래가 보이지 않는다는 걸 깨달았다. 장래 희망이 '직업'이어야 한다는 사회적 편견에 내 꿈을 맞췄기 때문에, 더 큰 폭의 장래 희망을 생각해 본 적이 없었기 때문이다.

나는 리포터 이후의 장래 희망 폭을 넓히고자 나만의 장래 희망 규칙을 세웠다. 장래 희망 규칙 첫째, 직업이 아니어야 할 것. 장래 희망 규칙 둘째, 남들을 따라 하기보다 나랑 어울리는 것. 셋째, 어떠한 상황을 묘사하거나 추상적인 개념이어야 할 것.

그래서 정한 서른 살의 내 장래 희망은 '건강한 또라이'다. 이 장래 희망은 치열하게 도전할 필요도 없고, 눈물을 흘리며 포기를 할 이유도 없다. 도전과 포기가 없기에 최저점도 최고점도 없는, 영원히 나와 함께할 장래 희망이다. '건강한 또라이'는 아줌마가 되고 할머니가 되어도 가능하다. 할머니가 될 때까지 연봉 협상의 스트레스와 실직의 비극을 겪지 않아도 되는 멋진 장래 희망이랄까.

때때로 사람들은 내게 새로운 무엇을 더 이루고 싶지 않냐, 돈을 더 벌고 싶지 않냐고 묻는다. 나는 미래의 내가 새로운 직업을 잘 해내도 좋고, 돈을 많이 벌면 더 좋다. 하지만 현재의 내가 그 무엇보다 원하는 건 미래의 내가 '건강한 또라이'로 지내는 것이다. 부디 할머니가 될 때까지 건강한 또라이로 살게 해 주세요.

분노의 곱창

　스무 살 때 만났던 남자 친구는 곱창을 한 번도 안 먹어 봤다고 했다. 나는 고등학교 입시 학원 선생님이 학생들에게 사 주었던 곱창을 종종 얻어먹어 봤기 때문에 그 맛을 알고 있었다. 남자 친구에게도 고소하고 쫄깃한 곱창 맛을 알려 주고 싶어서, 내가 기꺼이 사 주겠다고 곱창 집에 데려갔다.

　곱창은 200g(1인분)에 2만 원이었다. 나는 돈이 별로 없으니 200g만 주문해서 맛만 보자고 했는데, 식당 주인은 2인분부터 주문이 가능하다고 딱 잘라 말했다. 나의 알량한 자존심으로 우리는 곱창 2인분에 볶음밥과 맥주까지 시켰고, 다 먹고 나니 5만 원이 나왔다.

　남에게 얻어먹을 때는 몰랐는데, 내 돈 주고 사 먹으려니 동물의 내장일 뿐이면서 왜 이리 비쌀까 싶었다. 그 당시 학생 식당에서 파는 한 끼가 2,500원이었는데 5만 원이면 무려 스무 번이나 끼니를 채울 돈이었다. 곱창이 얼만지도 모르고 덜컥 식당에 들어가 버린 스무 살 짠순이는 식당을 나와서 하루종일 화를 냈다.

곱창을 사 주겠다고 식당에 데려가서 볶음밥까지 맛있게 먹고 맥주도 잘 마셨으면서, 식당을 나오자마자 화를 내는 소시오패스 여자친구를 뒀던 그 친구는 잘 지내고 있을까. 오늘따라 갑자기 그 친구에게 미안해진다. 이제 나는 곱창을 사 먹어도 화가 나지 않는다. 식도락을 즐기며 한 달 식비 백 만원을 써도 자책하지 않는 어른이 되었기 때문이다.

곱창 2인분에도 화가 났던 어린 날의 나도 있었구나. 기껏 맛있게 먹어 놓고, 참 웃겨.

편견 없는 청첩장

　고등학교 때부터 친하게 지냈던 친구에게 청첩장을 주려고 오랜만에 고향을 내려갔다. 친구는 내게 무리한 일정으로 강릉까지 내려오지 말라며 신신당부했지만, 그러기엔 친구가 꽤 보고 싶었기에 어떻게든 일정을 잡고 강릉으로 향했다.

　이전에 청첩장을 준 모든 지인에게 그랬듯이 이 친구에게도 청첩장을 주고 밥을 사려고 했다. 그런데 식사를 다 마치고 내가 옷매무새를 정돈하는 사이 친구가 이미 계산을 해 버렸다. 지금까지 수십 명에게 청첩장을 주고, 몇 명에게 청첩장을 받아 봤지만, 신랑·신부가 아닌 타인이 식사를 계산하는 것은 처음 보는 일이었다. 나는 재빠르지 않은 스스로에게 화가 났고, 이미 식사 계산을 해 버린 친구에게 미안해져 손사래를 쳤다. 무엇이 아닌지 모르겠지만 일단 아니라고, 다시 계산하자고 했다. 안절부절 못하는 나를 보고 친구는 "청첩장 주는 식사 자리의 편견을 깨고 싶었어. 진짜 축하하니까 걱정 마."라고 씩씩하게 말하여 나를 한 번 더 놀라게 만들었다.

결혼을 준비하면서 한국의 청첩장 문화에 완벽하게 적응된 나는 지인에게 모바일 청첩장을 보내는 것, 친한 사이면 모바일 청첩장은 기본이고 밥을 사면서 종이 청첩장을 또 주는 것, 결혼식에서는 와 주서서 감사하다고 1인의 식대를 결제해 주는 것, 이 모든 것을 축의금이라는 값어치로 받는 것 등 모든 과정을 다 따라 해야 한다고 생각했었다. 하지만 친구는 세상에 당연한 것은 없다고, 결혼식 청첩장 식사 자리에 대한 편견을 깨고 싶었다며 축하하는 마음으로 내게 감자옹심이와 감자전을 사주었다. 청첩장을 돌리는 자리마다 수많은 축하와 격려를 받으며 온갖 음식들을 먹었지만, 돌이켜 보니 이날 먹었던 음식이 가장 맛있었다.

모두에게 아쉬운 소리를 듣지 않으려고 노력하고 있던 터라, 청첩장 모임을 하면 할수록 약속을 잡는 것이 불편하고 어려웠다. 주변에서 볼 수 있는 대부분의 청첩장 모임이 그렇듯이 계속해서 나는 지인들에게 밥을 샀고, 식사를 하는 중에도 결혼식장 밥도 맛있을 테니 꼭 와주면 고맙겠다고 굽신거렸다. 누군가에게 청첩장을 주면서 예의를 차리지 않으면 욕먹을지도 모른다는 두려움과, 축하를 받고 싶은 설렘이 줄타기하고 있을 때, 나를 누구보다 잘 헤아려 주는 친구를 만났다.

친구와 헤어져 서울로 올라오는 버스에서 잠이 오질 않았다. 문득, 피곤한 얼굴로 친구를 만난 것이 미안해졌다. 누구보다 나를 축하해 주는 친구인데, 고등학교 때처럼 까불이 모습을 많이 보여줄걸. 친구의 편견 없는 청첩장으로 나는 예의와 축하 사이에서 불평불만을 잠시 잊고 오래도록 따뜻한 마음을 품을 수 있었다.

누군가의 산타들

여덟 살 때, 성탄절을 앞두고 부모님께선 평소에 갖고 싶던 물건이 있냐고 물으셨다. 나는 없다고 대답했다. 그러자 부모님께선, 우리가 사 주는 것이 아니라 산타 할아버지가 선물해 주는 것이니까 뭐든 말해도 된다고 하셨다. 부모님이 돈을 힘들게 번다는 걸 알고 있었기 때문에 부모님께는 갖고 싶은 물건을 말하기 어려웠지만, 산타 할아버지께는 무엇을 갖고 싶은지 말할 수 있었다. 손꼽아 기다렸던 성탄절 아침, 산타 할아버지는 내가 말했던 과자 선물 세트를 현관에 놓아두고 가셨다.

그리고 서른 살의 나에게 남편은 기념일 선물로 무엇을 받고 싶냐고 물어본다. 여덟 살의 나는 서른 살의 나와 마찬가지로 역시나 받고 싶은 선물이 없다고 대답한다. 그때의 부모님과 마찬가지로 나는 남편이 돈을 힘들게 번다는 것을 알고 있다. 그래서 그 사람의 한 달 치 고생이 담긴 가방을 선물 받기에 미안하고, 그 사람의 열흘 치 야근이 담긴 귀걸이를 선물 받기에 미안하다.

산타 할아버지가 내 눈앞에 나타난다면 갖고 싶은 것들을 모두 말할 수 있지만, 산타를 가장한 내 사람들이 내게 무엇을 갖고 싶냐 묻는다면, 말하기 어렵다. 왜냐하면 내 산타가 되어 주려고 그들이 돈을 얼마나 힘들게 버는지를 알기 때문이다.

누군가에게 산타가 되어 달라고 하기보다는, 종종 나 스스로에게 산타가 되어 주는 건 어떨까. 특별한 날에 자신에게 선물할 줄 아는 어른이 돼야지.

목욕탕을 빌린 것 같아

어른이 되고 나서 엄마랑 목욕탕 갈 기회가 적어졌다. 아니, 어른이 된 나는 엄마랑 목욕탕 갈 기회를 적어지게 만들었다. 엄마는 목욕탕에서 세 시간을 있을뿐더러, 서로 등에 피가 날 때까지 때를 밀어줘야 하기 때문에 내겐 조금 피곤한 일이다. 엄마는 내가 고향에 내려올 때마다 목욕탕을 가자고 했지만 나는 매번 여러 핑계를 대고 거절했다.

그런데 마침 내가 몸이 근질거렸던 때에 엄마가 목욕탕을 가자고 했다. 때가 잘 나올 것 같은 느낌인지라 거절하지 못하고 한밤중에 엄마와 목욕탕을 갔다. 사실 난 아침에 목욕탕 가는 걸 좋아하고, 다녀와서 낮잠을 자야 하는 나만의 목욕 규칙도 있다. 하지만 목욕탕을 딱 한 시간만 다녀오겠다는 거짓말에 속아서 따라간 것이다.

한밤중에 간 24시간 목욕탕은 사람이 거의 없었다. 냉탕과 온탕 그리고 사우나를 번갈아 가는 것이 자신의 동안 비법이라 믿는 엄마는 내게도 동안이 되고 싶으면 어서 따라해 보라고 했다. 추위에 개복치인 나는 엄마를 따라 냉탕과 온탕 그리고 사우나를 한 번씩 번갈아 갔지만 냉탕은 너무 싫어서 결국 인간의 신체 온도와 가장 비슷한 탕에 몸을 담갔다. 엄마는 자기 기준에서 목욕탕을 한심하게 이용하는 나를 보고 "이 가시나야! 이럴 기면 목욕당을 왜 오나!"라고 소리를 치고서 눈살을 찌푸린 채로 계속해서 온탕, 냉탕, 사우나를 반복하며 옮겨 다녔다.

그렇게 몇십 분을 옮겨 다니던 엄마는 혼자 노는 것이 심심해졌는지 결국 나를 따라 미적지근한 탕에 들어왔다. 그리고 아까는 미처 보지 못했던 목욕탕 풍경을 둘러보더니 "이야, 목욕탕을 빌린 것 같다야."라며 "너무 좋다!", "밤에 사람 없을 때 와야겠다!"고 연신 감탄을 하셨다.

엄마를 따라 마지못해 목욕탕을 갔던 나는 그날의 엄마에게서 행복과 자유를 보았다. 자기 삶을 도피해서 올 수 있는 공간이 고작 목욕탕이라니. 엄마가 목욕탕을 이렇게 좋아했다니. 이 사실을 나는 삼십 년 만에 처음 알았다. 앞으로 우리의 인생에서 같이 목욕탕을 갈 날이 얼마나 남았을까……. 그곳에서 엄마가 행복해하는 모습을 볼 수 있는 날이 얼마나 남았을까.

목욕탕을 통째로 빌릴 만큼 부자는 아니지만, 엄마에게 목욕탕 비와 박카스 하나 정도는 사줄 수 있는 어른이 된 나. [엄마 나 이번에 고향 내려가면 목욕탕 갈래? + 박카스 사줌] 이라고 문자를 보내 본다.

으른이

어렸을 때는 리코더 불기가 쉬웠다. 눈을 감고도 여러 곡을 뽑아낼 수 있을 정도였다. 그리고 친구에게 리코더를 친절히 알려주는 것도 좋아했다. 서른이 된 나는 눈을 뜨고도 리코더를 불지 못하고, 샵이나 플랫이 달린 악보를 읽을 줄 몰라서 이제는 친구에게 리코더를 알려 줄 수 없다. 뿐만 아니라 학창 시절의 나는 학급 신문 만들기나 오래달리기 등을 잘했다. 학급 신문 만들기 시간이 있으면 반 친구들을 불러 모아서 신문사의 국장처럼 모든 것을 총괄 지휘했고, 숨이 턱 끝까지 차는 느낌이 좋다는 이유로 체력장에서 오래달리기 시험을 보면 무조건 1등을 했어야 직성이 풀렸었다.

하지만 사회에 나와 보니 회식 자리에서 리코더를 불면 흑역사로 박제되고, 프로젝트를 앞두고 나 혼자 무엇인가를 만들면 앞으로 일을 몽땅 맡아서 하게 되고, 오래달리기를 잘하면 팀원들과 주말 등산을 가야 한다는 것을 알기 때문에, 나의 재능들은 사회 경험으로 퇴화했는지도 모른다.

어렸을 때는 누가 뭘 시키면 관심을 받고 인정받는다는 이유로 그렇게 좋았는데, 어른이 되니까 누가 뭘 시키면 왜 그렇게 귀찮나 몰라. 그래 봤자 나는 사회생활 몇 년 차인 어린이일 뿐인데, 무엇이든 열심히 하려고 했던 순수함은 사라졌고 삶을 통달해 버린 어른들처럼 대충 하거나 중간만 하고 싶어 한다. 나는야 서른 살 으른이.

그동안 감사했습니다

　유튜브 채널에 재미있고 가벼운 영상만 업로드하다가 생뚱맞게 '그동안 감사했습니다.'라는 제목의 영상을 업로드했다. 지난 6년 동안 유튜버로 계약했던 소속사와 계약 종료를 앞두고 제목 그대로 그동안 감사한 마음을 담아 영상을 업로드한 것이다. 우리는 6년이란 기간 동안 서로 종종 감사했고, 자주 죄송할 일을 만들며 좌충우돌의 시간을 보냈다. 그래서 그들과 함께한 시공간을 기억하고 기록하고 싶었다.

　지금 당장 이름과 얼굴이 떠오르는 사람들도 있었지만, 내가 기억하지 못하거나 이미 퇴사한 사람들도 있었다. 그래서 지난 6년 동안의 메일함을 탈탈 털어 이름과 에피소드를 기억해 냈고, 나와 시간을 나눈 사람들의 이름을 한 명 한 명 부르며 어떤 일로 감사했었는지 언급하는 영상을 촬영하고 편집해서 내 유튜브 채널에 업로드했다. 협업했던 분들의 이름을 세어보니 수십 명이었다.

사실 영상을 편집하고 업로드하기 직전까지도 '이 영상을 찍는다고 해서 몇 명이 클릭해 줄까?', '이미 계약이 끝난 회사 직원들에게 감사하다고 말하는 것이 무슨 의미가 있을까?' 싶었다. 하지만 '그동안 감사했습니다.' 영상의 파급력은 엄청났다. 일주일 만에 100만 조회 수를 기록했고, 그동안 말하지 못했던 감사함을 표현하니 그 감사함이 내게 몇 배로 돌아왔다. 영상에서 언급된 분 중 꽤 오래 연락을 하지 않았던 분들한테도 메시지가 왔다. 이름을 기억해 줘서 고맙다며, 함께해서 즐거운 시간이었다는 메시지였다. 어떤 분들은 영상을 보고 새로운 일거리를 주시기도 했다.

7년째 프리랜서인 나는 회사에서 경험하는 사회생활은 잘 모른다. 하지만 함께 일했던 사람의 얼굴과 이름을 기억하고 한 분 한 분께 감사함을 표현하는 것은 내가 꾸려 낸 멋진 사회생활이었다. 당신도 어느 날 갑자기 함께하는 모두에게 감사하다고 말해 보면 이 느낌을 알게 될 거다. 시작은 망설여져도 끝은 훈훈하리.

어느 날 갑자기

함께하는 모두에게

감사하다고 말해 본다면

알게 될 거야

너 왜 비싼 척해?

몇 년 전, 낯선 사람 수십 명과 모임을 했다. 정확히 말하자면 수십 명 중에 서너 명을 제외하고는 초면인, 낯선 사람들끼리 서로 친구가 되는 것이 목적인 단순 친목 모임이었다. 모임의 주최자는 물론 모임 주최자의 친구들까지 자칭타칭 인플루언서인 나를 신기해했다. 주최자는 모임에 온 사람들에게 계속해서 나를 50만 구독자의 유튜버라고 소개했다. 나는 그 자리에 있는 친구들에게 "난 그냥 직업이 특이할 뿐, 책과 영화를 좋아하며 강서구에 거주한다."라고 나를 소개했다. 나는 유튜버이기 이전에 책과 영화를 좋아하는 강서구 주민일 뿐, 그 이상 나를 소개할 말이 없었기 때문이다.

하지만 평범하게 스스로를 소개해 놓고 모두에게 50만이라는 숫자로 각인된 나는 그들의 기대에 부응하기 위해 유튜버다운 모습을 보여 주며 수다를 떨었다. 사실 내가 그들에게 보여지길 원했던 것은 '50만 유튜버 채채'가 아니라 '책과 영화를 좋아하는 채희선'이었다. 방송에서 보여지는 나와 똑같은 나를 보여 주고 나니, 더 이상 낯선 이들과 어울리는 시공간이 흥미롭게 느껴지지 않았다. 그래서 다들 1차 모임을 마치고 다음 2차 모임으로 이동할 때쯤, 나는 술집이 아닌 지하철역으로 방향을 틀었다. 그때 모임 주최자가 대열에서 빠지는 나를 불러 세우고 집에 가는 것이냐고 물어봤다. 나는 둘러대지 않고 솔직하게, 집에서 혼자 쉬고 싶다고 말했다.

주최자는 갑자기 내 팔을 붙잡으며 "너 왜 비싼 척해?"라고 물었다. 참고로 이 모임에서는 서로 반말을 하며 친해지는 것이 목적이었기 때문에 그는 당연히 내게 반말로 물었다. 그래서인지 더 기분 나쁘게 들렸다. "나는 비싼 척이 아니라 비싸."라고 대꾸하고 집으로 왔다. 처음 보는 사람한테 첫 모임 이후의 술자리를 안 간다고 '비싼 척'이라는 소리를 듣다니. 지금까지 내 지인들은 아무도 내게 그런 단어를 사용한 적이 없었다. 모임 자리에서 일찍 일어나면 "아쉽다.", "다음에 또 언제 보냐.", "앉아라." 등으로 나를 설득

하기만 했다.

　술에 취해서 그저 나랑 친해지고 싶은 마음에 말이 헛나
갔을 수도 있지만 그렇다고 '비싼 척'이라는 말을 듣는 건
기분 나빴다. 다음날, 주최자로부터 사과 문자가 왔고 나는
답장하지 않았다. 비싸니까.

엄친딸 코스프레

엄마와 나, 그리고 제삼자가 대화를 하다 보면 종종 엄마에게서 허언증이 보인다. 나는 대학 시절 몇 학기 장학금을 탔을 뿐인데 전액 장학금을 받으며 수석 입학과 수석 졸업을 한 딸로 만들거나, 이제 막 수필 비슷한 것을 쓰게 된 나를 신춘문예에 등단한 작가로 만들어 버린다. 제삼자에게 하는 엄마의 딸 자랑에 거짓은 없었지만 그것들은 대체로 부풀려져 있었다.

엄마는 이것저것 다 할 줄 아는 나를 키우며 많은 것을 기대하셨다. 어린 날의 나는 엄마의 기대에 부응하기 위해 종종 거짓말을 하고 눈치를 보며 자랐다. 어느 날은 엄마가 일하러 가면서 수학 경시대회 기출문제집 열 쪽을 풀어 두라고 숙제를 내주셨다. 나는 엄마의 기대에 부응하기 위해서 다섯 쪽은 정성스레 풀고, 나머지 다섯 쪽은 장롱 깊숙이 숨겨져 있던 답안지를 훔쳐서 정답을 베껴 썼다. 정답만 써두면 안 될 것 같아서 문제집에 열심히 풀이한 흔적을 남기기도 했다. 그러다 교내 수학 경시대회가 열렸을 때, 더 이상 훔쳐볼 답안지가 없어서 내심 초조했다. 하지만 정답뿐만 아니라 풀이까지 잘 보고 베낀 덕분인지, 참가했던 수학 경시대회에서 처음으로 최우수상을 받았고 엄마는 진심으로 기뻐했다.

어렸을 때의 나는, 나의 성취감보다는 엄마의 기대에 부흥하기 위해 살았다. 겨우 초등학생이었지만 나는 수학도 잘하고, 구연동화도 잘하고, 춤도 잘 추는 만능 엔터테이너 코스프레를 했고, 엄마는 내가 훌륭한 결과를 보여줄 때마다 나를 '천재'라고 불렀다. 하지만 어른이 되고 보니 어린 날의 나는 천재까진 아니고, 그냥 잔재주 많고 웃긴 아이 정도였다. 우리 엄마가 나를 '천재'라고 소문낸 덕분에 엄마의 주변 사람들은 '엄마'가 아닌 '천재의 엄마'를 부러워했다.

그때도 '엄친딸'이라는 말이 있었다면 그것은 나를 위한 단어였을 거다. 요즘도 나는 엄마를 위해 엄친딸 코스프레를 한다. 엄마랑 전화할 때는 대학원 교수님에게 혼난 것은 일절 말하지 않은 채 칭찬 받은 것만 자랑하고, 이번 달 수

익이 적어도 저번 달에 많았던 수익만 몰래 말해 주고, 내 인생에는 불행이 없다는 듯 행복만 전한다.

딸 자랑하는 걸 좋아하는 엄마. 난 종종 "그거 허언증이야, 고쳐!"라고 말하지만, 앞으로도 난 엄마를 위해 계속해서 엄친딸 행세에 동참할 거다. '혜숙이네 잘 나가는 딸' 타이틀을 유지해 드리고 싶다.

육각형의 사람

결혼 시장에서 육각형의 사람은 아주 희박하게 존재한다. 학력, 연봉, 재산, 외모, 성격, 부모의 노후까지…… 반듯한 육각형의 사람은 존재하기 어렵다. 우리는 대체로 사각형 혹은 오각형, 아니면 나처럼 삐죽이는 어떤 모양체로 존재한다.

하지만 주변에서 몇몇 친구들이 "나는 대기업이나 전문직 아니면 안 만나려고.", "이제는 키 175 이하는 소개도 안 받잖아.", "너는 남편이 완벽해서 결혼한 거 아니야?"라는 이야기를 할 때는 마음이 많이 불편했다. 세상에 완벽한 사람은 없다. 완벽한 사람을 찾기 전에 나부터 완벽해야 하는데, 어떤 것이 우선인지 모르는 것 같았다. 내가 남편을 볼 때 가장 크게 봤던 것은 생활력이었고, 그것은 이미 기준치를 초과해서 가산점까지 부여할 정도의 매력이었기 때문에 그가 어떤 모양새라도 상관없었다. 그리고 나는 아주 삐뚤빼뚤한 모양의 다각형이었기 때문에 아무럼, 상관없었다.

얼마 전에 만났던 선배는 최근 마음에 드는 남자가 생겼다고, 영화 이야기가 잘 통했다고 자랑했다. 오랜만에 누군가와 대화하며 설렘을 느꼈다고 기쁘게 말하던 선배의 눈이 참 예뻐 보였다. 나는 선배에게, 다음에 그 남자를 또 만나면 은근슬쩍 관심을 보일 듯 말듯 들이대 보라고 흐뭇하게 조언해 주었다. 그러자 선배는, 다른 지인으로부터는 그 남자의 직업이 별로이니 쉽게 흔들리지 말라는 소리를 들었다고 말했다. 나는 선배가 설렘을 귀엽게 이야기할 수 있다는 것이 신기하고 예뻐 보였는데, 누군가는 타인의 설렘을 이렇게 다르게 생각할 수도 있구나 싶었다.

또 다른 일도 있었다. 며칠 전에 만난 후배는 직장 사람들에게 남자친구와 그의 부모님을 자랑했더니 더 좋은 조건의 남자를 만날 수 있는 거 아니냐며, 예비 시부모님이 둘을 빨리 결혼시키려는 데는 이유가 있는 거라는 말을 들었다고 했다. 나는 후배가 남자친구뿐만 아니라 남자친구의 부모님까지 자랑할 수 있다는 것이 참 좋아 보였고, 그만큼 후배가 잘 컸으니까 그 집에서도 환영하는 것 같아서 내가 키운 것처럼 뿌듯했었다. 하지만 누군가의 축복과 환영을 결혼정보업체처럼 재고 따질 수 있는 사람들도 있구나 싶어서 놀라웠다.

선배와 후배 그리고 나의 경험으로 봤을 때, 사람들은 본인의 연애와 결혼보다 남의 연애와 결혼을 더 궁금해하고 참견하고 싶어 한다. 타인의 결혼 상대에 육각형의 잣대를 들이세우려면, 먼저 자기 인생의 육각형이 잘 이뤄져 있는지부터 봐야 할 텐데. 사람들은 타인의 인생을 평가하는 걸 좋아하지만 막상 자기 인생은 객관적으로 보고 싶어 하지 않는다. 전자는 쉽고 후자는 어렵기 때문이다.

우리는 대체로 삐뚤삐뚤한 사각형 혹은 구겨진 오각형과 같은 사람들이고, 세상을 굴러가다 보면 다 동그라미로 만날 텐데, 굳이 사랑과 결혼까지 육각형 기준으로 볼 필요가 있나.

건강부터 챙겨요

어렸을 때는 학교를 휴학하거나 돈을 버는 것을 잠시라도 쉬면 큰일 나는 줄 알았다. 그렇게 십 년을 쉬지 않는 기계로 살아온 결과, 신경에 이상이 생겨 더 이상 예전만큼 몸에 에너지가 생기지 않는다. 일을 짧게 해도 쉽게 지치고 쉽게 어지러워서 자주 앉아 버리는 사람이 되었다. 쉬지 못하는 압박감이 결국 병을 쌓아 온 것일 수도 있다. 주변 사람들이 일을 쉬엄쉬엄하면서 건강 챙기라고 했을 때 귓등으로 듣고 내 멋대로 열심히 산 결과다.

한번 크게 아파서 몸이 호되게 당하고 나니까 자꾸 미래보다 과거에 생각이 머무른다. '과거의 내가 일을 덜 펼쳤더라면.', '다른 사람 때문에 스트레스를 덜 받았더라면.', '하루 정도는 나를 위해 여행을 가 주었더라면.'과 같은 생각을 계속 하게 된다.

열여덟 살부터 지금까지 내 인생의 목표는 오로지 방송이었다. 마이크를 잡고 촬영장에서 사람들을 웃기는 일, 내 방송을 보고 박수를 치거나 댓글을 달아주는 사람들, 방송을 매개로 일어나는 모든 일들이 내 인생의 의미고 목표였다. 하지만 신경과 혈압에 이상이 생겨 몇 개월째 약을 복용하게 되니까 결국엔 건강 없이는 아무것도 의미 없다는 것을 깨달았다. 일단 건강해야 마이크를 쥐고, 촬영장에 서고, 사람들을 웃길 것 아닌가.

어렸을 적의 나는 마이크를 쥐고 카메라 앞에서 죽고 싶다는 말을 많이 했다. 마치 연극배우들이 무대 위에서 죽고 싶다고 말한 것과 비슷한 의미일 것이다. 하지만 잔병치레로 각 병원에 출석 체크를 하는 요즘의 나는, 마이크를 쥐고 카메라 앞에서 죽고 싶다는 말을 취소하련다. 꿈이 있어야 건강해지는 것도 맞지만, 건강해야 꿈을 이룰 수 있으니까. 오늘은 이미 또 일을 왕창 했으니 틀렸고 내일부터는 정말 건강부터 챙기는 삶을 지향해 보겠다.

베플이 진실인 세상

친한 오빠가 재미있는 주제로 TV 예능 프로그램에 출연한 적 있었다. 오빠는 TV 예능 프로그램에 '야동을 보는 아빠'라는 주제로 가족들과 함께 출연했는데, 실제 사연에 MSG를 첨가한 오빠의 입담이 꽤 흥미로워서 해당 방송은 다음 날 아침 포털 사이트 연예 뉴스 기사의 메인을 장식했다. 오빠의 사연을 접한 사람들은 기사에 다양한 댓글을 달았다. 그 중에는 실제로 오빠와 전혀 관련 없는 내용도 있었다. '내가 저 집을 아는데, 저 집 아빠가 야동에 돈을 많이 써서 집이 풍비박산 났다더라.' '나는 저 사람과 어떤 관계에 있는 사람인데, 이미 저 집의 사연을 알고 있었다.' 등의 댓글들이었다.

댓글 내용이 사실인지 거짓인지는 중요하지 않았다. 자극적인 댓글에 사람들은 좋아요를 누르며 이미 그 오빠와 가족들을 본인이 원하는 모습으로 만들어 가고 있었다. 거짓 댓글들은 이미 베스트 댓글이 되어 지울 수도 없었다. 오빠는 연예 뉴스 기사에 댓글을 달지 못하도록 규정된 현재가 훨씬 좋다고 했다. TV 예능 프로그램을 통해 사람들의 관심을 몽땅 받아서 행복했지만 이내 불쾌해졌던 에피소드를 말해 주며 오빠는 씁쓸하게 덧붙였다. "베플이 진실인 세상이야."

포도알 스티커

내 인생 최초의 성취감은 초등학교 1학년 때였다. 담임 선생님께서는 받아쓰기를 백 점 맞거나 청소를 열심히 하거나 친구를 도와주면 동그라미 모양의 스티커를 주셨다. 우리는 그것들을 포도송이 밑그림이 그려진 종이에 붙여서 알록달록 포도송이를 만들었고, 그것을 꽉 채워서 제출하면 담임 선생님으로부터 공책이나 연필 등을 선물 받았다. A4용지에 그려진 빈 포도송이에 채워야 할 포도알은 최소 삼십 개 이상이었을 텐데, 새로운 포도송이 종이를 받기 위해 계속해서 받아쓰기 백 점을 맞고, 청소를 열심히 하고, 친구를 도왔다. 초등학교 1학년 때의 나는 포도알과 포도송이의 성취감을 맛보기 위해 치열하게 보냈다.

어른이 된 지금은 암만 치열하게 몇 날 며칠을 보내도 포도알 스티커를 주는 사람이 없다. 포도알 스티커를 주면서

"희선이가 토익 점수를 (겨우) 50점 올렸네.", "희선이는 청소를 (몰아서) 참 잘해.", "오늘도 희선이가 직장 동료의 일 (뒤치다꺼리)을 도와줬구나."라고 말하며 위로와 칭찬을 해 주는 사람도 없고, 무엇보다 포도알 스티커를 모을 포도송이 밑그림 종이를 주는 사람도 없다. 어른에겐 아무도 그런 걸 주지 않는다.

그래서 작년에는 어른들의 포도송이를 만들고자 친구들을 모아 칭찬 일기 카톡 방을 만들었다. 칭찬 일기 카톡 방에 모인 친구들은 매일 세 가지 이상의 셀프 칭찬을 간단한 메모 형식으로 기록하기로 했다. 그리고 셀프 칭찬이 뻘쭘하지 않게 나머지 친구들이 댓글을 달아 주기로 했다. 처음에는 어디서부터 어디까지 셀프 칭찬을 기록해야 하는지, 이름도 얼굴도 모르는 저 친구를 어떻게 댓글로 칭찬해 줘야 하는지 다들 어려워했다. 아무래도 스스로를 칭찬하자니 세상의 기준에서 자신의 기록은 칭찬까지 받기엔 너무 미약해 보였을 것이고, 남을 칭찬하자니 칭찬보다 질투가 쉬운 세상에서 살아왔기 때문에 좀 어색했던 것이다. 나는 칭찬 일기 카톡 방을 만든 리더로서, 몇십 년째 잊고 있었던 포도알 스티커에 관한 기억을 되살려 친구들에게 시범을 보여 주었다.

〈20년 3월 ㅇ일 칭찬 일기〉

1. 어젯밤부터 먹고 싶었던 쿼터 파운드 치즈버거를 주문해서 먹었는데 기분이 좋았다.

2. 다 죽어가는 식물에게 물을 주었다.

3. 엄마랑 전화했는데 우리 집 강아지 순돌이가 짖어서, 순돌이 이름을 크게 불러 주었다.

나의 칭찬 일기 시범을 보고 친구들은 생각보다 쉽다고 좋아했다. 칭찬 일기 카톡 방에 있는 우리들은 심심하지만 건강한 일상을 매일 세 가지 이상 기록했다. 주말 대청소가 귀찮아서 누워 있었다는 친구에게는 그것이 바로 힐링이라는 칭찬을 했고, 직장 상사 때문에 화나서 집에 빨리 가고 싶어 택시를 탔다는 친구에게는 그것이야말로 우리가 돈을 버는 이유라고 칭찬을 하기도 했다. 나중에는 숨 쉬고 밥 먹고 똥만 싸도 무조건 잘했다고 칭찬했다. 이 모임은 한 계절을 유지하다가 칭찬 일기 카톡 방 리더인 나의 게으름으로 흐지부지해졌다. 칭찬 일기 카톡 방이 사라지고 더 이상 마음 속의 포도알 스티커를 모을 수 없게 되었지만, 종종 그때를 생각하며 스마트폰 메모장에 셀프 칭찬 일기를 기록했다. 오늘의 내가 칭찬받을 일 세 가지는 무엇이냐.

포도알 스티커1. 엊그제도 어제도 그랬지만
　　　　　　　오늘도 잠을 푹 잤다.
포도알 스티커2. 오랜만에 복숭아를 깎아 먹었다.
포도알 스티커3. 이 글을 썼다.

어쨌든 오늘 하루도 평범하고 소소한 포도알 하나에 불과한 일상이지만 이렇게 의미를 부여하면 그것들이 모여서 삶이라는 포도송이가 되는 것이다. 오늘 우리가 아침부터 밤까지 해 온 모든 것들은 이미 하나의 포도송이로 완성되었는지도 모른다.

평범하고 소소한 하루에

의미를 부여하면

그것들이 모여서

삶이라는 포도송이가 돼

부러움 리스트

대학 선배에게 결혼 소식을 전했더니 선배는 "희선아 너는 이제 내 부러움 리스트에 있어."라는 참신한 말과 함께 축하를 전했다. 세상을 살다 보면 부러움보다는 시기와 질투가 앞설 때도 있는데 어쩜 저렇게 참신하고 예쁜 말로 축하를 해 줄까, 놀라웠다. 그리고 나의 부러움 리스트는 무엇일까 생각해 보게 되었다. 지금까지 누군가를 짧게 대충 부러워한 경우는 있어도, 오래 부러워하며 부러움의 대상을 본받으려 하거나 진심 어린 축하를 해 준 경우는 적었다.

가질 수 없는 것들을 부러워하기보다, 내가 언젠가 이룰 수 있는 것들로 부러움 리스트를 만들 수 있는 삶이 부럽다고 생각했다. 그래서 나에게 '부러움 리스트'라는 단어를 선물한 선배의 여유와 센스 넘치는 삶이 내 부러움 리스트에 추가되었다.

사주팔자와 연애운

지금까지 사주팔자나 신년 운세를 최소 대여섯 번 정도 본 것 같다. 그 정도의 데이터가 쌓이고 나니 내 인생에 대한 평균값을 어림짐작할 수 있게 되었다. 부모나 남편보다 자신의 능력이 넘쳐서 자수성가할 것이며, 평생 물불 안 가리고 지랄 맞을 성격에, 스무 살 이후로 마흔까지 한 길만 선택하고…… 대체로 잘 굴러간다는 나의 사주. 사주를 보러 가면 인생 운은 대체로 맞는 것 같은데, 연애 운에 관련된 것은 대체로 맞지 않았다. 어떤 곳에서는 스물여섯에 두 살 연상의 남자를 만나 6년 연애 후 결혼할 거라고 했지만 그 해의 연애는 한 달 만에 끝났다. 어떤 곳에서는 그 해에 여덟 살 연상의 남자와 연애한다고 했지만 그 해는 싱글로 지냈다.

사주는 오랜 통계의 결과물이라고 한다. 하지만 통계를

떠나, 삶의 매 순간을 선택해서 결과를 만드는 것은 자신의 몫이다. 사주대로 자수성가해서 물불 안 가리고 지랄 맞게 사는 나는 스무 살과 마흔 살 사이의 나이에서 한 길만 가고 있지만, 남자만큼은 내 연애 운 통계에 존재하지 않는 각양각색의 인물들로 선택했다. 친구들에게 "어서 헤어져. 저렇게 도덕적으로 결함이 있는 사람이랑 연애를 왜 해?"라는 소리를 들으면서도 눈물 콧물 흘려 가며 세기말 연애를 선택했던 적도 있었고, "원래 연애는 남이 더 잘 본다잖아. 왜 자꾸 만나냐?"라는 소리를 들으면서도 한 사람과 제대로 끝내지 못하고 서너 번 다시 만나는 연애를 선택했던 때도 있었다.

그렇게 내 이십 대의 연애는 대체로 통계에서 벗어났고, 삼십 대를 맞이한 나는 더 이상 사주를 보러 다니지 않는다. 연애만큼 예측 불가능한 것이 어디 있겠냐는 생각이 굳어졌기 때문이다. 아직 알아가는 중이던 남자가 덥석 내 손을 잡으며 "사귀자."라고 말하는 것, 헤어졌던 그 사람을 갑자기 카페에서 마주치는 것, 잊고 지내던 지난 연인으로부터 갑자기 문자를 받게 되는 것, 내가 마음이 식어서 먼저 헤어지자고 말했는데 알고 보니 상대는 환승 이별 준비 중이었던 것 등등 연애는 예측할 수 없는 일들의 연속이다.

사주는 통계가 맞는 것 같지만, 연애 혹은 사랑은 통계와 확률로 설명될 수 없다. 인간의 마음에 통계라는 것이 있는 걸까? 사주팔자 대여섯 번의 빅 데이터가 쌓인 나는 앞으로 사주팔자나 신년 운세를 보더라도 연애 운에는 연연하지 않기로 마음먹었다. 물론 사주라는 통계로 내 연애의 확률을 맞출 수도 있겠지만, 결국엔 연애에도 노력이 필요하다. 사주를 보러 갈 때마다 연애 운에 마음을 쏟던 나는 서른한 살에 결혼했고, 결혼하기까지 우리가 했던 수많은 선택과 노력에는 평균 혹은 통계로 설명할 수 없는 신비로움이 있다는 것을 이제서야 깨우쳤다. 그동안 사주를 봤던 복채가 좀 아깝긴 하지만, 결국 깨우침에 대한 값이었음을.

오늘도 제 자랑을
들어 줘서 감사합니다

지인들을 만나면 최근에 내가 이룬 것들을 자랑하고 싶어서 입이 근질거린다. 하지만 지인 중에서도 참 지인이 있고 거짓 지인이 있다. 참 지인은 내가 무엇인가 자랑하면 진심으로 축하를 해 주거나, 그도 아니면 나에게 큰 관심이 없다. 하지만 거짓 지인은 내가 무엇인가 자랑하면 진심으로 질투를 하며 엄청난 관심을 가지고 나의 자랑을 깎아내리기에 급급하다.

한때 거짓 지인에게 내 자랑을 하고 나서 아차 싶을 때가 있었다. 밥을 잘 먹고, 잠을 잘 자고, 피부가 탱탱해졌다는 것만 자랑할 것을. 최근에 얼마나 좋은 일거리가 들어왔으며, 이번 달 수입은 얼마나 짭짤한지 자랑했더랬다. 상대는 내 자랑을 받아들이기에 얄밉거나 짜증났을 수도 있었을텐데, 나는 아주 순수하게 근황 혹은 자랑을 말했을 뿐이다.

요즘엔 참 지인과 거짓 지인을 구분하기 어려워져서 여기 저기 내 자랑을 하지 못해 답답하다. 각자의 인생이 달라서 나도 자랑할 것과 자랑할 수 없는 것이 있는데, 굳이 내 자랑만 꼬투리 잡는 사람들에게 상처를 받고 나니 더 이상 자랑을 할 수 없다.

그러나 잘 생각해 보면 상대에게 내 자랑을 하는 나의 언행이 잘못된 것이 아니라 내 자랑을 받아들이는 상대의 마음이 나와 다른 것이 문제다. 슬플 때 위로를 해 주는 것보다 기쁠 때 축하를 해 주는 마음이 더 어렵다고 했다. 당신의 자랑거리들을 진심으로 축하해 주는 이들은 시기와 질투로 가득한 어려운 마음가짐을 생각조차 하지 않은 이들이다. 내 자랑을 순수하게 받아들여 주는 사람들, 내 인생에 꽃가루를 뿌려 주고 박수를 쳐 줄 수 있는 사람들, 우리는 이 사람들한테 더 잘하면 된다.

오늘도 제 자랑을 들어 줘서 감사합니다.

특기는 점프

나의 특기는 점프다. 나는 삶의 순간마다 넘어지거나 쓰러지더라도 결국 그 깊이만큼 튀어 올라서 더 멋진 모습을 보여 주는 것을 즐긴다. 삶이라는 뜀틀을 넘을 때마다 넘어지고 쓰러져 본 사람은 한 발 더 도약할 수 있다.

나는 어제 넘어지고 오늘 멈칫했어도, 내일은 이 모든 것을 뛰어넘을 수 있다는 것을 믿는다.

어제 넘어지고

오늘 멈칫했어도

내일은 모든 걸 뛰어 넘을 수 있어

희선다움

내 첫 이별은 고1 때였다. 그때 만났던 남자친구는 청소
년 축제 무대에 올라가 막춤을 췄던 나에게 "내 친구들이
다 너를 봤대. 그런 춤을 안 추고 다니면 안 될까?"라고 부
탁했다. 대체 그런 춤이 뭔지도 모르겠고, 내가 막춤을 어
떻게 췄는지 직접 보지도 않았으면서, 친구들로부터 네 여
자친구가 막춤을 췄다는 소식만 듣고서 나의 신체 자율성
을 박탈하려는 그 친구와 더 이상 사귈 수는 없었다. 나는
그날 바로 헤어지자고 말했다. 그 이후에도 나를 다른 여
자들과 비교하는 남자들과는 금방 헤어졌다. '여자답게', '여
자라면', '다른 여자들처럼' 같은 수식어가 '채희선'이라는 멋
진 이름 앞에 붙는 것이 싫었다. 그럴 거면 그들은 채희선
이 아니라 다른 여자들을 사귀는 것이 옳았다. 그래서 빨
리 놓아주었다.

어렸을 때부터 나는 치마를 입고 조심히 행동하는 것보다 바지를 입고 발차기를 보여 주는 걸 좋아했다. 그리고 조용조용 웃는 것보다 시끄럽게 남들 웃기는 것을 좋아했고, 체구는 작아도 목소리는 큰 스스로를 참 좋아했다. 이후에 난 치마 교복 차림으로 전투 놀이를 하고, 다 풀어 헤친 머리를 하고 피아노를 열정적으로 치는 영상으로 무한도전 돌+아이 콘테스트에서 여고생 돌+아이로 인정받게 된다. 나는 무한도전 돌+아이 콘테스트를 계기로 남들에게 수줍은 모습을 보여 주기보다, 남들을 크게 웃기는 인생을 선택하게 된다. 그 후로 사람들은 나를 어떤 성별로 판단하기보다, 웃기고 당당한 채희선으로 판단해 주었다.

'희선다움'으로 몇십 년 살아온 나는, 성별의 편견 앞에서 대체로 편했다. 하지만 여전히 나를 희선다움보다 여자다움으로 보는 이들은 여자 방송인으로서 나의 연애와 결혼 그리고 내 이미지를 걱정하곤 한다. 하지만 불편함은 그들의 몫일 뿐이다. 왜냐하면 우리집에서 나는 여자라면 이렇게 해야 한다는 가르침보다는, 오늘은 학교에서 발표를 얼마나 많이 했는지, 친구들과 선생님을 얼마나 많이 웃겼는지에 관한 질문을 받으며 자라 왔으니까.

    나중에 아이를 낳으면 성별의 편견으로 아이의 재능을
꺾지 않을 것이다. 네가 여자라서, 네가 남자이기 때문에
무엇을 하거나 하지 말아야 한다, 가 아니라, 너는 너니까
무엇을 잘해야 한다고 가르칠 것이다. 누군가가 너를 성별
적 편견에 가둔다면, 그걸 틀어막을 정도의 재주를 가지라
고 말해 주는 엄마가 되고 싶다. 나는 수십 년 동안 여자다
움, 엄마다움보다 '희선다움'을 실천하고 있으니까, 너도 그
렇게 할 수 있다, 애야.

직업을 추천해 주는 직업

나는 초중고등학교를 진학할 때마다 우리 반에서 웃기는 정도가 아니라 전교에서 내 이름을 휘날렸을 정도로 웃겼다. 이 문장을 쓰는 자체가 더 웃기긴 하지만 어쨌든 웃긴 것으로는 몇백 명 중에 1등 할 자신이 있었다. 웃기는 것과 공부 모두를 좋아했던 나는 성적으로는 반에서 손가락 안에 들곤 했는데, 우리 부모님은 내게 공부하라는 조언보다 발표를 많이 해라 혹은 친구들을 자주 웃겨라, 라는 조언을 더 많이 해 주셨다. 덕분에 나는 학창 시절 내내 성적의 목표는 불명확했지만, 원하는 직업 목표는 명확하게 찍어 두고 성장했다.

그 이후로 지난 십 년 동안 공부보다는 발표와 웃음이라는 재능만 키우며 자랐다. 성적이 아닌 꿈을 목표로 삼으며 학창 시절을 보냈던 나는 가끔, 아이들에게 '직업을 추천해 주는 직업'이 있으면 좋겠다고 생각했다. 중고등학생이나 대학생들에게 꿈이 무엇이냐, 원하는 직업이 무엇이냐고 물어보면 모르겠다고, 혹은 없다고 답하기 때문이다. 수능 등급과 학점 그리고 토익은 목표 점수를 정해 두지만, 목표 점수를 얻고 난 후의 목표는 무엇일까? 점수에 맞춰 진학과 취직을 권유하는 것이 아니라, 꿈과 직업만 추천해 주고 상담해 주는 직업 전문 상담 선생님이 학교마다 있었으면 한다. 사람마다 가진 재능의 깊이도 다르고, 피땀 흘리며 도전하고 싶은 분야도 다를 테니까.

얼마 전 유튜브에서 명문대생이 취직을 포기하고 먹방 유튜버로 성공했다는 이야기를 접했다. 그 유튜버가 대학 입시를 치를 때만 해도 자신의 인생에 먹방이라는 퍼즐이 있을 거라곤 생각하지도 못 했을 거다. 직업을 추천해 주는 직업이 있었더라면, "친구는 음식 맛 표현을 잘하는구나! 리포터나 먹방 유튜버가 되는 건 어때?"라고 진작에 직업을 추천해 줬을 텐데. 세상에 각양각색 직업들은 많은데, 학생들 개개인을 파악해서 꿈을 만들어 주고 직업을 추천해 주는 직업은 대체 언제 생기나요?

물고기를 잡는 경험

부모님은 언제나 내게 "공부해라.", "사람은 재주가 있어야 해."라고 말씀하셨지만 그게 내 삶에 정확히 무슨 도움이 되는지 설명해 주지는 않으셨다. 부모님의 손에서 벗어나 혼자 살게 되면서부터 내가 공부를 해야 하는 이유, 내 재주를 더 키워야 하는 이유를 나는 스스로 깨우쳤다.

인생을 알아 가는 과정에서 산전수전을 겪으며 나는 당신들이 왜 내게 "공부해라.", "재주를 가져라." 다음에 "왜냐 하면……"이라 덧붙이지 못한 것인지 알게 되었다. 말은 쉽지만 실제로 도전해 본 적이 없었기 때문에, 그것이 무엇을 가져다 주는지를 몰랐던 것이다.

덕분에 나는 영문도 모르고 도전했다. 나는 잘 모르거나 잘 못하는 분야의 일이면 모르는 대로 못 하는 대로 일단 덤벼들고 봤다. 공부는 왜 해야 하고, 남다른 재주는 왜 가져야 하는지 궁금했고, 어찌 됐든 간절했기 때문에 계속해서 도전했다. 그런 패기와 독기로 이십 대를 보냈다.

이십 대까지는 스스로 이룬 것들이 뿌듯했다. 서른이 넘어서는 가끔씩, 부모가 잡아다 주는 물고기를 덥석 받기만 하는 자식들이 부럽기도 했다. 나는 물고기를 받기는커녕 물고기를 잡는 방법도 알지 못한 채로 혼자 냇가에 가야 했으니까. 그럴 때면 스스로를 위안한다. 모두에게 냇가라는 환경이 펼쳐졌을 때, 물고기를 스스로 수십 번 잡아 본 내가 가장 좋은 물고기를 잡을 수 있을 거라고. 누군가에게는 내가 혼자의 힘으로 컸다는 것이 초라하고 알량한 자부심으로 보일지언정, 이것은 내게 종교가 필요 없는 이유가 되어 주기도 했다.

나는 아무도 알려 주지 않더라도 냇가에서 스스로 물고기를 잡았던 경험들을 믿어.

너는 웃길 때 제일 예뻐

　방송에서 자신을 드러내는 것이 직업이라면 외모가 우월해야 하거나 우스워야 유리하다. 하지만 나는 방송을 업으로 삼기에 외모가 우월한 편도 아니고 우스운 편도 아니다. 이목구비가 큰 편이지만 전체적으로는 평범함과 가깝다.

　평범한 외모를 가진 나의 역할은 아이러니하게도 코미디언과 비슷하다. 외모로 웃기기에는 애매해서 어쩔 때는 웃음을 위해 분장을 해야 할 때도 있었다. 그런데 이런 나의 모습을 보고 "괜찮아요? 어떡해……." 혹은 "분장 안 하면 예쁜 편인데……."라고 위로의 말을 건넨 이들도 있었다. 나는 내 괴랄한 분장과 의상은 결코 타인에게 위로 받을 일이 아니라고 생각했다. 아무리 생각해도 나는 웃길 때 제일 예쁘고, 웃길 때 제일 당당한데, 사람 보는 눈이 참 낮다 싶었다.

나는 사람은 각자마다 역할도 다르고 매력도 다르다는 것을 잘 알고 있다. 방송을 몇 년씩 하다 보니까 나의 외모로 별의별 지적을 하거나 동정을 하는 사람들을 많이 만났다. 외모로 나를 놀리거나 위로하는 사람들에게 나는 "저는 웃길 때 제일 예뻐요."라고 말해 준다.

나는 웃길 때 제일 예쁘다. 그러니까 앞으로도 제가 많이 웃기면 예쁘다고 말해 주세요.

사람마다

각자의 역할도 다르고

매력도 달라

행복 종합 선물 꾸러미

    대부분의 사람들은 행복을 멀리 있거나 거창한 것으로 생각하곤 하는데, 적어도 내 친구들에게 '행복'은 그림자처럼 붙어 있다. 어느 날, 친구들과 각자 언제 마지막으로 행복했냐는 주제로 이야기를 나누었다. 유치원 교사인 친구는 "엊그제 우리 반 애기가 한글을 배워 와서 나한테 편지를 써 줬는데 너무 기특하고 행복했어."라고 답했고, 광고 회사에 다니는 친구는 "오늘 야근할 줄 알았는데, 야근 안 하고 지금 모임 나와서 행복하지."라고 답했다. 백수인 친구는 "얘들아, 나는 지금 숨만 쉬어도 행복할 때야."라고 답해서 우리 모두 빵 터졌다. 그리고 나는 지금 이 순간이 제일 행복하다고 답했다.

    친구들의 대답을 종합해 보니 행복은 저마다 다른 모양새로 아무 때나 찾아온다. 그렇기에 행복은 '특별하다.'라는 표현보다 '일상 같다.'는 표현과 더 잘 어울릴지도 모른다. 내 친구들과의 대화를 보면, 1분 만에 모두 행복해지지 않았는가. 게다가 나는 지금 이 글을 쓰면서도 행복을 느꼈다.

그러니, 도처에 널린 소소한 행복을 발견할 수만 있다면 우리는 언제나 행복한 사람들이다. 행복 꾸러미는 그리 멀리 있지 않으니, 가까운 곳에서 발견할 수 있는 행복을 꺼내어 풀어 보자. 우리에게 주어진 매일매일이 더욱 풍성해질 것이다.

오늘 열어 본 당신의 행복 꾸러미에는 무엇이 들어 있었나요?

행복은

저마다 다른 모양새로

아무 때나 찾아 와

PART 2

내가 나를 안아줄 수 있다면

그림자 없는 인생은 없지만

  퇴근하고 집에 들어가는 길에 속상한 일들이 밀려와서, 집에 들어가지 않고 하염없이 거리를 걷던 날이 있었다. 그 날따라 나는 고개를 들어 세상을 바라보는 것조차 힘들어서 계속해서 고개를 푹 숙인 채로 걷고 또 걸었는데, 한 발자국씩 내디딜 때마다 '왜 나에게만 이런 일이 생기는 걸까?', '세상은 나에게 큰 짐을 주는구나.'와 같은 부정적인 생각만 했다.

  그러다 거리를 걷고 있는 다른 사람들의 그림자가 눈에 띄었다. 고개를 들고 걸었으면 절대 몰랐을, 고개를 숙이고 걸었기에 보였던 다른 사람들의 그림자였다. 여러 사람의 그림자와 내 그림자가 마주하는 순간, 누구나 인생에는 저마다의 그림자가 있다는 것을 깨달았다. 어떤 모습으로 살아 가든, 그림자는 생기는구나. 그런데 고개를 푹 숙이고 걷는 사람에게는 자신의 그림자만 보이겠지만, 고개를 들고 꼿꼿하게 걷는 사람은 자신의 그림자보다 더 많은 세상을 볼 수 있겠구나, 싶었다. 유난히 굽어 있던 그날의 나는 더 이상 나와 타인의 그림자만 보지 않으려고 다시 고개를 빳빳이 들고 집에 들어갔다. 그러자 더 많은 것들이 보이기 시작했다. 친구가 선물 준 식물이 어느새 무럭무럭 자란 것도, 읽고 싶었던 책이 책상 위에 쌓여 있는 것도 고개를 숙이지 않았기 때문에 한 번 더 확인 할 수 있는 소소한 행복이었다.

그림자 없는 인생은 없다. 하지만 고개를 푹 숙이고 그림자만 보느냐, 힘내서 고개를 들고 더 큰 세상을 보느냐를 결정하는 건 자기 자신이다.

고개를 들고 걷는 사람은

더 많은 세상을 볼 수 있어

나의 첫 명품 가방

　스무 살의 나는 대학교 때문에 고향인 강릉을 벗어나 인천에서 자취를 하게 되었다. 어느 날은 밤까지 축제 공연 연습을 하고 자취방으로 가는 길이었는데, 모르는 남자가 원룸 문 앞까지 쫓아왔다. 식은땀을 뒤로하고 기지를 발휘해서 그 남자를 쫓아내긴 했다만 그날 이후로 후미진 골목길에 있는 내 자취방으로 가는 길이 너무나도 무섭게 느껴졌다. 그래서 고향 집에 전화해서 부모님께 역과 가까우면서 가로등과 간판 등이 반짝반짝한 동네로 이사 가고 싶다고 말씀드렸다. 하지만 그때의 우리 집은 오밤중에 자식의 자취방 앞에 모르는 남자가 쫓아온대도 안전한 동네로 이사 보낼 보증금 이백만 원조차 없었기에, 나는 이사 가고 싶은 이유를 더 말할 수 없었다. 나의 안전함과 이백만 원이 치환되는 게 얼마나 서러웠던지. 그때 난 고작 스무 살이었지만, 또래보다 인생을 몇 년을 더해 살고 있는 느낌이었다.

시간이 지나 나는 대학을 졸업했고, 노력과 운이 잘 맞아 떨어져서 또래보다 돈을 많이 벌게 되었다. 어떤 달은 1년 치 등록금을 한 번에 낼 수 있을 정도로 돈을 벌기도 했고, 어떤 달은 중형차를 뽑아도 돈이 남을 정도로 돈을 벌기도 했다. 하지만 나는 그 돈을 쓰지 않았다. 모르는 남자가 내 자취방 앞에 쫓아왔던 때부터 내겐 안전한 집에 대한 압박 감이 생겼다. 보증금 이백만 원이 없을 정도로 가난했던 기억이 지겨웠던 나는 돈을 벌고 모을 때마다 보증금을 늘리고 월세를 줄이는 데 청춘을 갖다 바쳤다. 몇 년을 그렇게 살고 나니까 나의 생활력은 가난을 초월해서 스물일곱 나이에 내 이름으로 된 오피스텔도 갖게 되었다.

역과 가까우며 경비실까지 있는 작은 집을 스스로 마련하게 된 나는, 돈을 곧잘 버는 자신을 인정하기로 했다. 그리고 어느 날은 백화점에 가서 몇 개월 동안 고민하던 명품 가방을 하나 샀다. 내 인생 최초로 혼자 백화점을 가 봤고, 내 인생 최초로 명품 가방을 산 것이다. 그때 당시 나의 월급과 연봉을 따져 보면, 명품 가방을 여러 개 산다고 해도 먹고 사는 데에 아무런 지장이 없었다.

그런데 집으로 돌아오며 나는 이 모든 과정을 책망했다. 가난했던 내가 현재의 나를 인정하지 못하고 튀어나와 버린 것이다. 나는 간신히 용기 내서 산 명품 가방을 한참 바라보다가 태그를 가위로 자르면서 엉엉 울었다. 고작 보증금 이백만 원이 없어서 안전한 동네로 이사 갈 수 없었던 나의 과거가 떠올라서, 몇 개월 고민하고 산 명품 가방 앞에서 무릎 꿇고 울며 제사를 지냈다.

가난보다 무서운 것은 가난한 마음이다. 악착같이 돈을 벌고 모은 나에게 언제 어디서나 충분히 선물을 해줄 수도 있었는데, 나는 아직 과거에 머무르느라 현재의 나에게 결코 자비롭지 않았다. 아파트를 샀어도 백화점에 가는 것은 여전히 어렵다.

십 년 전의 나에게 해 주고 싶은 말

어느 날 이제 막 서른이 된 친구들과, 만약 스무 살의 나를 만난다면 어떤 말을 해 주고 싶냐는 이야기를 나누었다. 한 친구는 "미래의 너는 대학교 전공을 살리지 못한 직업을 가질 테니, 학교는 마음 편히 다녀."라고 했고, 다른 친구는 "비트코인에 전 재산을 올인해."라고 했고, 또 다른 친구는 "지금 만나고 있는 사람은 쓰레기니까 빨리 헤어져."라고, 각자 과거의 자신에게 이야기해 주고 싶은 걸 말했다. 그런데 나는 아무리 생각해 봐도, 10년 전의 나에게 들려 줄 이야기가 딱히 없었다. 과거의 나에게 전공을 다시 선택하라고 조언해 주고 싶지도, 비트코인을 알려 주고 싶지도, 그리고 전 남자친구들의 인성을 알려 주고 싶지도 않았다.

과거에 내가 쌓아 온 것들로 현재의 나는 더 나은 어른이 되었기 때문에 그런 거 아닐까. 과거에 실패했던 경험들이 없었더라면 지금의 내가 될 수 없었을 거다. 그래서 만약 십 년 전의 나를 만난다면 이것을 하거나 저것을 하지 말라고 조언을 해 주기보다는 "서른 살의 너는 스무 살의 너 덕분에 지혜로울 거야. 그러니까 미래의 너를 믿고 현재를 즐기렴."이라고 응원해 주고 싶다.

우리는 때로 과거를 생각하며 '~했더라면, ~하지 말았어야지.'라고 후회한다. 하지만 과거는 이미 지나갔고, 그때부터 지금까지 당신은 여러 선택을 해 왔다. 과거에 틀린 선택을 했다면 그것은 미래의 올바른 선택을 위한 소중한 경험이었을 테고, 과거에 옳은 선택을 했다면 그것은 미래에도 옳은 선택을 할 것이라는 확신이 된다.

당신은 어떤가. 10년 전의 자신과 마주 앉게 된다면 어떤 말을 해 주고 싶은가?

어제 오늘 내일

　힘든 일이 있었을 때, 정신의학과에서 상담을 받은 적이 있었다. 어제는 불행했고 내일은 불안하다고 말하는 내게 의사 선생님께서는 "오늘만 생각하며 살아요."라고 조언해 주셨다.

　나는 어렸을 때부터 또래처럼 살지 못했다. 어린 나이에도 자꾸만 돈을 아끼며 금전적인 문제에 예민했고, 이것저것 악착같이 도전해 왔다. 나는 늘 미래가 걱정됐고, 그렇게 내일만을 생각하다가 어제의 나에게 화살을 돌리곤 했다. 남들보다 더 잘살고 싶은 게 아니라 남들만큼만 살고 싶었는데, 뭘 어떻게 더 잘 해야 하는지 알 수 없었다. 끊임없이 앞으로 나아가면서도, 불안과 불행을 손에서 놓질 못했다.

　어느 순간부터 주변 사람들은 나를 애늙은이라고 불렀

다. 그렇게 어른이 된 이후에도, 어제와 내일에 대한 생각을 떨치지 못했다. 나는 종종 오늘만 생각하며 사는 사람들이 부럽다. 오늘에 충실하며 사는 사람들은 자신의 어제를 후회하거나 내일을 걱정하지 않기 때문이다. 지금 나는 남들이 성공했다고 말하는 삶을 살고 있으면서도 오늘의 성공을 충분히 즐기지 못한다. 때론 꿈속에서 여전히 과거의 나를 만난다.

오늘 밤 꿈에 과거의 나를 마주한다면 "애늙은이면 어떻고, 철없으면 어때. 네가 만든 모든 시간은 가치 있었어."라고 말해 주고 싶다. 그리고 개운하게 일어나서 어제의 불행도 내일의 불안도 잊고, 오롯이 오늘의 나를 위해 하루를 시작하고 싶다.

어제의 불행도

내일의 불안도 잊고

오늘의 나를 위해

울다가 웃었던 밤

남편과 교제를 한 지 얼마 되지 않았을 때, 우리 가족에게 문제가 생겼다. 문제를 마주하고 나니 자주 잠이 오지 않았고, 대체로 마음에 분노와 울음이 쌓였다. 어느 날은 남편과 실컷 놀고 피곤해서 일찍 자려는데, 생각에 생각이 이어져서 잠은커녕 자꾸 눈물만 나왔다. 내 옆에서 곤히 잠든 남편에게 미안해질 정도로 눈물이 계속 나서, 베개에 눈물을 슥슥 닦고 콧물을 훌쩍이며 잠든 척 연기를 했다.

그런데 그때, 내 옆에 찰싹 붙어서 평온히 자고 있던 그가 갑자기 나를 안아 주었다. 혼자 몇 시간 째 잠도 못 자고 운 것을 들킨 걸까 싶어서 자는 척 숨을 죽였다. 그런데 갑자기 몸을 움직이더니 나에게 무어라 말을 했다. 다행히도 알아들을 수 없는 잠꼬대를 하고 그는 다시 코를 골았다. 혼자 울다 말고 웃겨서 숨죽여 킬킬거리며 헛웃음으로 눈물을 날렸다.

한참 웃다가, 눈물이 묻어 있었던 베개를 만져 봤다. 신기하게도 베갯잇의 눈물은 말라 있었다.

정신과 조언의 핵심

SNS를 둘러보다가 정신과 조언 모음이라는 글을 읽었다.

1) 남을 신경 쓰지 말자

2) 사람을 빨리 믿지 말자

3) 나의 고통을 타인에게 알리지 말자

그 밑으로도 약 30여 개가 넘는 항목들이 빼곡히 있었다. 한번 훑어 볼 만은 했지만, 그렇게 꽂히는 항목은 없었다. '나를 많이 사랑하자.'가 이 모든 항목의 최종 목적지였다.

마음이 아프고 괴로운가? 그게 타인 때문이든 자신 때문이든, 자책하지 말아라. 상황을 괴로워하기에 앞서, 어제보다 오늘의 나를 더 사랑해 주자.

깨진 그릇은 앞으로도 깨진 그릇

어느 여름에는 타인의 말 때문에 몇 개월이나 신경과에 다닌 적도 있다. 말이라는 것은 이렇게 누군가를 몇 개월째 아프게 만들 수도 있고, 서로의 과거, 현재, 미래까지 담긴 그릇을 깨뜨릴 수도 있다. 누군가의 말로 깨진 그릇은 새로 빚지 않는 이상, 붙여도 여전히 깨진 그릇이다. 깨진 그릇은 제 역할로 오롯이 쓰이기 어렵기 때문에, 마음의 찬장에 처박아 두는 편이 낫다.

나는 말로 관계의 그릇을 깨뜨려 버린 사람에 관한 기억을 곱씹는 버릇이 있다. 행여 서로의 잘못을 용서했다고 하더라도 이미 깨진 그릇은 앞으로도 깨진 그릇이라는 것을 잘 알고 있기에, 계속 곱씹으면서 더 이상 관계를 발전시키지 않겠다고 다짐한다. 그러다 보면 나도 누군가에겐 관계의 그릇을 먼저 깨뜨리고 용서조차 받지 못하는 사람은 아닐까 생각해 보기도 한다.

어렸을 적엔 깨져서 더 이상 붙일 수조차 없는 그릇, 그리고 깨졌지만 억지로 붙인 그릇들도 마음의 찬장에 차곡차곡 담아 놓았었다. 물론 깨진 그릇을 꺼내서 다시 보는 일은 거의 없었지만, 언젠가 저 그릇들을 다시 써야 한다는 생각은 계속 했었다. 관계의 그릇이 깨지는 순간, 그동안 그 안에 담아 왔던 모든 것들은 쏟아진다는 것, 얼기설기 붙여 놓은 깨진 그릇에는 무엇을 담아도 계속 새어나간다는 것을 모르고 계속 보관해 두었던 거다. 하지만 나이가 들고 다양한 인간관계를 맺으며, 마음의 찬장에 깨진 그릇까지 보관해 둘 공간이 없어졌다. 그래서 나는 이제 어떤 관계든, 그릇이 깨지면 곧바로 버리려고 애쓴다.

나의 마음 찬장에는 지금의 그릇들만 담아도 충분한데, 뭣 하러 모든 관계를 위해서 손톱만한 파편까지 붙여 보려고 애썼나…….

말끝에 긍정을
못 박아야 하는 이유

지금까지 다양한 사람들을 많이 만나봤다. 그래서 사람들과 몇 마디만 주고받다 보면 그 사람이 대체로 긍정적인 사람인지 부정적인 사람인지 보인다. 비슷한 걱정과 시련이 있다고 해도 긍정적인 사람이라면 결국 자신은 해낼 것이라고 혹은 상황은 어떻게든 나아질 것이라고 믿으며 미래로 나아가고, 부정적인 사람은 남을 질투하거나 자신의 상황을 탓하며 현실에 머무른다. 그들의 차이는 말끝에서 온다. 긍정적인 사람들은 '어떻게든 되겠지.', '지금 힘들어도 언젠가는 잘 될 거야.'라며 자신을 위로하고, 부정적인 사람들은 '이미 망했어.', '할 수 있는 게 없잖아.'라고 자신을 위축한다.

'나는 될 것 같다.' 혹은 '나아질 것 같다.'라고 말해 왔던 일에서는 대체로 좋은 결과가 있었다. 물론 긍정의 말을 새겨도 잘되지 않은 일도 있었지만, 긍정을 새겨 두었기 때문에 금방 잊고 새로운 방향으로 나아갈 수 있었다. 계속해서 자신과 상황을 긍정적으로 믿으면 대부분은 말하는 대로 이루어졌다. 왜냐하면 말하는 만큼 노력하게 되어 있기 때문이다.

걱정과 시련 없는 인생은 없다. 하지만 말끝에 긍정의 못을 박아 둔 사람의 인생 울타리는 자신감과 노력으로 더욱 튼튼해질 수 있다.

알 게 뭐야

나는 겉으로는 대범해 보이지만 속은 소심해서 타인의 사사로운 말과 행동들을 계속해서 곱씹느라 고생하는 타입이다. 어느 날 내 깊은 고민을 들어주던 친척 언니는 "희선아, 알 게 뭐야. 네 인생을 책임져 주지 않는 사람들 신경 쓰지 마."라고 쿨내 진동하는 조언을 해 주었다.

그날 하루 종일 같은 생각을 곱씹다가 내린 결론은 '알 게 뭐야.'였다. 언니의 말대로, 나를 계속 생각하게 만들고 고민하게 만드는 사람들은 대체로 내 인생에 크게 도움 되지 않는 사람들이었다. 나를 전적으로 믿어주고 지지해 줌으로써 평온함을 주는 사람들은 내 인생에 큰 도움이 되는 사람들이고.

나보고 프리랜서라서 불안하지 않냐고 은근슬쩍 묻는 사람들은 나에게 일거리를 주지 않는다. 살이 쪘네, 빠졌

네, 몸매 지적을 하는 사람들은 내게 닭가슴살과 PT 이용권을 사 주지 않는다. 내가 대학원을 졸업하지 못할까 봐 걱정하는 사람들은 내게 전공 관련 서적을 선물하지 않는다. 내 인생을 책임져 주지 않을 사람들 때문에 상처받고 고민했지만, 결국엔 알 게 뭐야. 내 인생을 책임져 주는 것은 바로 어제의 내가 모인 오늘의 나인데.

알 게 뭐야

내 인생은

오늘의 내가 책임지는데

열한 번의 이사

대학에 합격하고 스무 살 때 강릉에서 인천으로 올라왔다. 그때 당시 부모님은 바쁘다는 이유로 나의 첫 자취방을 거의 혼자 구하게끔 하셨다. 처음으로 자취방을 알아보던 날, 부모님은 내게 친척 언니를 붙여 줬다. 언니는 자취를 해 보지 않은 사람이어서 존재는 든든했지만 실질적으로 큰 도움이 되진 않았다. 그때부터 혼자 개척하는 삶이 시작되었던 것 같다.

스무 살의 내가 처음 얻은 자취방은 지하철역도 멀고 학교 근처도 아니었지만, 보증금이 적고 월세도 저렴해서 선택했다. 오래된 빌라이긴 해도 부엌이 분리된 원룸이라 방이 넓은 느낌인 것도 좋았다. 하지만 자취를 한 지 3개월 만에 그곳이 끔찍이 싫어질 만큼 위험한 일이 생겼다. 어느 늦은 밤에 모르는 남자가 빌라 앞까지 나를 쫓아오는 상황이 생긴 것이다. 그제야 나는 그 동네가 안전하게 살기에는 적합하지 않은 곳이었다는 걸 알게 되었다. 그날의 경험으로 동네가 전체적으로 후미지면 위험하다는 깨우침을 얻고, 1년 뒤에는 가로등과 간판이 번쩍번쩍한 번화가로 이사 갔다.

어두운 골목길을 벗어나 밝은 번화가로 이사 갔을 때, 내 자취방 건물은 7, 8층만 오피스텔이었고 2층부터 6층까지는 전부 유흥업소였다. 그때 나는 난생처음 3NO라는 단어를 알게 되었다. 우리 집 아래층의 유흥업소 몇 군데에 붙어 있던 단어였다. 검색해 봤더니 NO브라, NO팬티, NO콘돔이라는 뜻이었다. 스물한 살의 나는 아래층에서 무슨 일이 벌어지는지도 모르는 곳으로 이사를 온 것이었다. 게다가 어느 날은 아래층 유흥업소에서 일하는 언니가 경찰 단속이 떴다고, 자기 좀 숨겨 달라고 우리 집 인터폰을 누른 적도 있었다.

두 곳의 자취방에서 위험을 경험한 나는 어떤 곳에 살아야 안전을 보장받을 수 있는 건지 혼란스러웠다. 몇 푼 되지 않는 돈으로 비싼 경험을 한 후에, 결국 학교 근처 고시원으로 이사 갔다. 고시원은 이전에 살았던 집들보다는 안

전했지만 방음이 꽝이었다. 옆방에서 시끄러운 소리가 날 때마다 나는 조용히 해 달라고 소리를 질렀다. 연기를 전공하고 있던 터라 발성이 좋아서, 고시원을 꽉 채울 만큼 우렁찬 분노가 울렸던 거 같다. 그 분노에는 아마 '나 여기 탈출하고 싶어……'라는 뜻도 있었을 거다. 고작 3평짜리 방이었지만 월세 3만 원을 더 주고 얻은, A4용지 두 장 크기의 창문이 있어서 다행이기도 했다.

대학 시절의 나는 별의별 동네에 살면서 다양한 주거 형태를 경험했다. 그래서 대학 졸업 이후에는 역도 가깝고 안전하고 넓은 집에서 살겠다는 의지로, 주어진 일을 닥치는 대로 했다. 강릉에서 혼자 올라와서 인생을 개척한다는 것은 쉽지 않았고, 안전한 집을 구하는 게 생활 기반의 우선인 거 같았다. 그래서 돈을 벌고 쓰는 것보다 돈을 모으는 것에 마음을 더 썼다. 통장의 저금 액수를 확인하면 돈을 펑펑 쓸까 봐, 통장의 액수를 보지 않으려고 통장을 찢으며 돈을 모으기도 했다. 그리고 돈을 어느 정도 모았다 싶으면 돈을 쓰게 될까 봐, 보증금으로 묶어 두려고 계속해서 보증금을 올리고 월세를 낮추며 몇 번이나 이사를 다녔다.

그렇게 몇 년 동안 이사를 열 번 가까이 했다. 나는 마침

내 역과 가까우며, 경비실도 있고, 집 바로 아래에 편의점까지 있는 오피스텔을 매매하게 됐다. 그 이후에는 오피스텔을 팔고, 전세를 끼워서 남들이 들으면 알 만한 브랜드의 아파트를 사기도 했다. 모은 돈을 집에 투자하는 별의별 과정들마다 주변 사람들은 모두 대단하다고 나를 칭찬해 줬다. 결과는 대단해 보일지언정 단계마다 많이 넘어졌기에, 이 모든 과정을 다시 겪으라고 하면 나는 절대 못 한다. 모르는 남자가 집 앞에 쫓아왔던 게 무서웠던 스무 살의 나, 유흥업소 언니가 우리 집 문을 두드리며 숨겨 달라고 애원하는 걸 봤던 스물한 살의 나, 3평짜리 고시원에서 온갖 소음에 고통받았던 스물두 살의 내가 자라나 지금의 내가 되었다.

그때의 나는 부모님에게 모든 일을 말하지 않았다. 내가 무슨 일을 겪었는지 말하지 않아야 어른이 될 것만 같았다. 열한 번의 이사 결과는 내 자랑거리가 되었지만, 열한 번의 이사 과정은 이야기할 때마다 서럽다.

뜨겁기보단 따뜻하게

　나를 거쳐 갔던 연애들은 대체로 찌질했다. 대학생 때는 친구와 서로의 연애담을 나누다가 우리 구질구질 팸을 만들자고 할 정도였다. 어린 날의 나는 너무 뜨거운 사람이라서 매번 그 사람이 아니면 죽을 것 같았고, 매번 지금이 아니면 안 될 것 같았고, 매번 사랑이라는 단어가 너무 슬퍼서 허구한 날 뜨거운 눈물을 주룩주룩 흘렸다. 놀랍게도 나는 연애할 때마다 나를 불태웠던 것 같다.

　그런데 어느 순간부터 나는 연애에 있어서 뜨겁기보다는 따뜻한 사람이 되어 있었다. 연애 상대보다 나 자신을 중심으로 살다 보니 인생의 우선순위가 바뀌었던 거다. 이십 대의 나는 혼자 있는 시간에 무엇을 해야 할지 잘 몰랐지만, 삼십 대의 나는 혼자 있는 시간에 자전거도 타고, 피아노도 치고, 요리도 하고, 영화도 보는 어른이 되었다. 혼자서 잘 먹고 잘 살다 보니까 당연히 자존감도 올라갔다.

어린 날의 내가 그랬던 것처럼 연애에 울고불고, 한 사람에게 인생을 거는 동생들이 있다면, "그런 쓰레기에게 네 소중한 마음을 불태우지 마."라고 조언해 주기보다는 "언젠가는 너도 뜨겁기보다 따뜻해질 거야."라고 위로해 주고 싶다. 언니의 사랑도 그랬으니까.

인생의 3분의 1을 연애로 채우고 나서야 깨닫는다. 나한테는 뜨겁고, 남한테는 따뜻한 연애면 충분하다는 것을.

마음의 방

우리들 마음에는 각기 다르게 꾸며져 있는 여러 개의 방이 있다. 업무를 하며 회사 사람들과 마주하는 '바쁘다 바빠 방'도 있고, 서로 기쁨과 슬픔을 나누는 '복닥거림 방'도 있고, 하루 종일 떠들어도 부족한 친구와의 '재잘재잘 방'도 있다. 하지만 왜 나를 위한 '여유로움 방'은 없는 걸까.

내 방 한 칸 마련하기도 빠듯한 세상에, 내 마음에도 나를 위한 방이 없다면 너무 가혹하지 않나. 타인과 나누는 방보다 나를 위한 여유로움 방을 점점 늘려 가고, 그 방에서 머무르는 시간을 많이 가지고 싶다. 비밀번호는 나만 알고 방음도 잘 되어서 내 마음의 소리에 집중할 수 있는, 그런 마음의 방이 늘어났으면 좋겠다.

채나무는 튼튼해요

    나의 부모님은 내가 사춘기 때 이혼했다. 당신들의 선택이 내 인생까지 영향을 미치지는 않을 것이라고 생각할 만큼, 사춘기 때의 나는 많이 어렸다. 열일곱의 어렸던 나는 이혼하겠다는 부모를 설득하지 않았다. 다만, 내 인생에는 결혼도 이혼도 없을 것이라 다짐하며 이십 대를 보내왔다.

    그리고 나는 이십 대의 끝자락에서 결혼을 고민해 볼 만큼 좋은 사람을 만나게 되었다. 어느 날 그는 자신의 부모님에게 나를 소개해 주고 싶다고 말했다. 지금까지 단 한 번도 상상해 보지 못한 제안에 설렘보다 두려움이 나를 덮쳤다. 부모님이 이혼했다는 이유로 거절당할 것만 같았기 때문이었다. 걱정은 미리 할수록 더 커진다는데, 약속이 다가올수록 걱정은 더 커지고 나는 계속해서 작아졌다. 그의 부모님을 처음 만났던 날은 내가 세상에서 가장 작아졌던 날이었을지도 모른다.

부모님의 이혼 이후로 나는 스스로 뿌리를 내리고, 나이테를 만들고, 잎을 만들고, 꽃을 피우며 큰 나무로 자랐다. 나는 어느 누가 봐도 튼튼하고 멋지고 신기한 나무였다. 하지만 약속을 잡고 몇 날 며칠은 시름시름 앓는 나무가 되어 있었다. 시름시름 앓는 나무를 누가 좋아할까, 싶어서 걱정은 더욱 커졌다. 드디어 그의 부모님을 뵙는 날, 지금까지 홀로 쌓아 왔던 당당함이 두려움을 앞섰던 걸까. 다행히도 남자친구의 부모님께서는 스스로 잘 자란 나무인 나를 좋게 봐 주셔서, 나는 그와 결혼하게 되었다.

그리고 결혼 전의 어느 날, 시어머니와 데이트를 하다가 내가 먼저 우리 집에 대한 이야기를 꺼냈다. 시부모님께서 저의 환경을 이해해 주신 덕분에 제가 두 분께 더 잘하게 된다는 이야기를 전했다. 어머님께선 "그동안 고생 많았을 거야. 희선이는 늘 밝고 상냥한데……"라고 먼저 나의 지난 날을 헤아려 주시며 눈물을 훔치셨다. 나를 위해 울어 주시는 어머님을 보니까 더 솔직해지고 싶었다. 그래서 나는 누구보다 튼튼하고 푸르른 나무인데, 결혼을 앞두고 한부모 가정에서 자랐다는 이유로 자꾸 시들시들 앓아서 힘들었다고, 용기 내어 말씀드렸다. 부모가 모두 오롯이 있는 가정에서는 당연히 한부모 가정의 자녀를 받아들이는 것이 어려울 수도 있을 것이라고, 그 마음 또한 이해한다고. 어머님께선, 희선이를 처음 봤을 때 상냥하고 밝고 씩씩해서 좋았다고, 처음 봤던 희선이를 믿고 함께 가고 싶었다고 말씀해 주셨다. 더불어 앞으로도 희선이에게 사랑을 베풀자고 아버님과 약속하셨다고 했다.

어린 날 상처받았을 나를 위해 눈물을 훔치는 당신의 모습에 어쩔 도리를 몰랐지만, 말로 못 전하는 마음은 글로 표현하는 것을 좋아해서 '감사합니다.'라는 다섯 글자를 이리도 길게 썼다. 앞으로 나라는 나무는 남편의 사랑은 물론이고 아버님의 따뜻한 햇살과 어머님의 양분을 받아 무럭무럭 자랄 것이다. 두려움, 당당함, 감사, 사랑, 경험. 이 모든 것은 '나'라는 신비한 나무를 더 튼튼하게 만들어 준다.

그럴 수 있어

한 대학 동기는 내가 고민을 말할 때마다 "그럴 수 있어."라고 대답했다. 20대 초반에는 그의 명확하지 않은 대답을 이해하기 힘들었다. 분명히 내 고민을 열심히 경청해 주는 것 같은데, 매번 "그럴 수 있어."라는 해답을 주다니. 그래서 그에게 고민을 말하는 것이 애매하고 찜찜할 때도 있었다.

어느덧 그와 친구를 한 지 십 년이 지났다. 십 년의 세월 동안 그에게 털어놓았던 고민들은 이제 와서 생각해 보니 놀랍게도 '그럴 수 있어.'와 같은 것들이었다. 모든 것을 다 헤아릴 수는 없어도 대체로 그럴 수 있고, 나쁜 사람 좋은 사람 없고 우린 서로 다른 것뿐이고, 다른 사람들끼리 버무려져서 나오는 실수와 실패들은 모두 그저 그런 것들이었다. 그래서 이 모든 것은 살아 보니 대체로 '그럴 수 있는' 것들이었다.

나는 이제 "그럴 수 있어."라는 그의 말을 믿는다. 내가 실수하고 실패해도 그럴 수 있었던 거였다. 누군가 내게 고민을 털어놓는다면 나도 이젠 '그럴 수 있어.'라고 말해 줄 만큼 어른이 되었다.

맘그릇 몸그릇

잘하는 것이 하나만 있어도 대단하고, 잘 하는 것을 꾸준히 해내는 것도 대단하다. 하지만 우리는 외국어는 기본이고, 포털 사이트 뉴스를 꿰뚫고 있어야 하고, 주식이나 부동산에 관심도 있어야 하며, 회사에서 승진도 해야 한다. 게다가 따뜻한 친구가 되어야 하고, 든든한 연인이 되어야 하며, 자랑스런 자식이 되어야 한다. 학교와 회사에서 해야 하는 공부와 업무만 해도 힘든데, 소속되어 있는 모든 곳에서 할 일과 역할은 넘쳐난다.

나도 한때는 남들을 따라잡겠다는 마음이 아니라 남들이 나를 따라오게 만들겠다는 각오로 기계처럼 몇 년을 살았다. 결국 몸과 맘이 버티지 못해서 기립성 빈맥 증후군과 기립성 저혈압이라는 병에 걸렸다. 이십 대 때는 몸과 맘의 균형이 잘 맞아서, 얼마만큼의 일이 닥치고 어떠한 인간관계가 터져도 그런대로 버틸 수 있었다. 하지만 대부분의 사람은 자신이 할 수 있는 일이나 역할의 폭과 넓이가 정해져 있다.

나의 몸그릇과 맘그릇에 무엇인가 담기지 못하고 흘러넘친다면, 그릇을 바꿀 것이 아니라 내용물을 덜어야 한다. 밥도 국도 적당한 그릇에 담아야 먹음직스럽고 깨끗이 비워낼 수 있듯이 우리의 몸도 맘도 마찬가지다. 남들이 다한다고 해서 모두 따라갈 필요도 없고, 굳이 내가 이 세계의 선두주자가 될 필요도 없다. 결국 그릇에는 담기는 만큼만 담기니까.

앞으로 듣지 않을 질문

"너 언제까지 이걸로 먹고 살래?"

프리랜서 방송인 N년 차로 잘 먹고 잘 살아오는 동안 처음 듣는 질문이었다. 십 년 동안 한 우물만 팠던 나에게 그 누구도 하지 않았던 질문이었다. 한때 친구였던 사람이 던진 질문이었는데, '한때'라고 쓴 이유는 이 질문을 계기로 더 이상 정을 붙이지 않았기 때문이다.

그 친구는 내가 방송으로 얼마나 잘 먹고 잘 사는지 누구보다 잘 알고 있었다. 나는 한 달에 여러 개의 촬영이 잡히면 잘 먹고 잘 살 수 있었고, 한 개만 잡혀도 대충 먹고 대충 살 수 있을 정도였다. 친구의 눈에는 한 달에 하루만 일하는 내가 한심해 보였던 걸까. 그래서 내 미래에 가망이 없어 보였던 걸까.

그날은 난생처음 들어본 질문을 계속 되새기느라 잠이 오지 않았다. 내 주변에는 연극판에 뛰어들어 돈을 거의 벌지 못하는 연극배우들, 혹은 열정페이를 받으며 일하는 방송인들이 많다. 나는 단 한 번도 그들에게 "너 언제까지 이걸로 먹고 살래?"라는 질문을 하지 않았다. 왜냐하면 이 질문에 나는 어떠한 책임도 질 수 없기 때문이다. "너 언제까지 이걸로 먹고 살래? 앞으로는 내가 먹어 살려 줄게."라면 모르겠다.

이토록 무책임한 질문에는 무관심이 답이지만, 속이 이미 뒤집혔던 터라 그날 밤엔 '지금까지 나는 잘 살아왔나?', '오늘 내가 일이 없어서 이런 소리를 들은 걸까?', '미래의 나를 걱정하라는 뜻인가?'라고 되뇌며 나의 과거, 현재, 미래, 그러니까 내 삶 전체를 다시 한번 생각하게 되었다. 타인의 직업, 연봉 그리고 꿈 등은 그 사람이 만든 역사다. 그러니까 타인의 역사에 돌을 던지는 말은 결코 '관심'이 아니다.

'관심'을 가장한 '무례함'이 앞서는 이런 질문에 통쾌하게 답해 주는 데는 사실 시간이 좀 걸린다. 평생 내가 이걸로 잘 먹고 잘 사는 것을 보여 줘야 하니까. 어쨌든 나는 앞으

로 이런 질문에는 크게 신경 쓰지 않을 거다. 가치 없는 질
문은 받는 순간 저 멀리 보내 버려야 내 꿈이 걱정 없이 무
럭무럭 자랄 테니까.

유신론자

나는 종교는 없지만 신은 믿는다. 어렸을 때부터 간절히 원하는 것이 생기면 보이지 않는 신에게 다양한 형태로 기도했다. 깍지를 끼고 기도했고, 절을 하기도 했고, 팔찌 같은 액세서리를 조물조물하며 기도하기도 했다. 그리고 간절히 원했던 만큼 노력하며 살아왔다. 신은 노력하는 사람에게 기회를 주고 운까지 덧붙여 준다는 것을 믿고 있었기 때문이다.

다행히 신은 나를 배신하지 않았다. 지금까지의 노력 덕분에 내겐 계속해서 기회가 왔고 운까지 함께 따랐다. 이제는 더 이상 자기소개서를 제출하거나 오디션을 보지 않아도 방송으로 잘 먹고 잘 살 수 있는 팔자가 되었다. 지난 십 년의 기억을 반추해 보니, 내가 믿고 있었던 것은 신이 아니라 나 자신이었다.

노력하면 어떻게든 기회가 올 것이라는 믿음으로 살았다. 나 자신의 노력을 믿지 않았으면 지금의 나는 없었을 것이다. 자신을 믿는 사람은 어떻게든 해내기 마련이다. 지금까지 나는 나를 믿었고, 앞으로의 나도 나를 계속 믿을 것이다.

자신을 믿는 사람은

어떻게든 해내기 마련이야

화를 다스리는 방법

　나는 화날 때마다 글을 쓴다. 분노가 머리끝까지 차오르거나 분통함에 잠이 오지 않을 때, 뜨거운 콧바람으로 몇 번 심호흡을 한 뒤 노트북을 켠다. 유튜브 창을 열고 '마음이 차분해지는 음악' 혹은 '평화로운 애니메이션 OST' 따위를 검색하고 1시간짜리 음악 영상을 틀어 둔다. 그리고 블로그에 제목도 없고 맥락도 없는 글을 쓴다. 글은 대체로 일기의 형식을 한 '타인 욕하기' 또는 '자기 반성하기' 정도다. 화난 상태로 글을 쓰다 보면, 글을 쓰다 말고 혼자 울기도 하고 나지막이 욕을 하기도 한다. 그러다 나만의 방식대로 분통함의 결론을 내 버리면 그런대로 기분이 나아진다.

　화가 날 때 글을 쓰게 된 이유는 화를 말로 풀면 실수가 되지만, 화를 글로 풀면 실수를 막을 수 있기 때문이다. 똑같은 상황과 사람이 다시금 나를 힘들게 할 때면, 나는 이

전에 내가 써 놨던 글을 읽으면서 같은 실수를 하지 않으려 노력한다. 화가 날 때 혼자 타자기를 퍽퍽 쳐 가면서 울고 웃고 일기를 쓰는 일은 나를 더 나은 사람으로 만들어 준다.

나는 내가 제일 잘 안다. 나뿐만 아니라 누구든 그럴 것이다. 내게 가장 잘 공감해 주고 위로해 줄 수 있는 사람은 바로 나라는 것을. 그러니 모두 자신의 화를 스스로 다독일 수 있는 최선의 방법을 고안할 수 있었으면 좋겠다.

유체 이탈

　세상에 나 혼자 덩그러니 남겨진 것 같은 날에는 유체 이탈을 상상해 본다. 자취방에 쪼그려 앉아서 우는 내 몸에서 영혼이 빠져 나오는 거다. 영혼이 내 눈물도 닦아 주고, 나를 안아 주었으면 좋겠다. 그리고 등을 몇 번 두드려주다가 "난 너를 누구보다 잘 알아. 힘내."라고 말해 주고, 금방 다시 몸으로 들어가 주면 좋겠다. 나를 가장 잘 아는 것도 나, 나를 가장 힘낼 수 있게 만들어 주는 것도 나니까.

나의 새벽을 지켜 주는 사람

기립성 빈맥 증후군 진단을 받고 몇 개월을 앓으면서 내 인생에서 가장 오래 병원에 다니던 시기가 있었다. 몸도 마음도 힘든 시기라 나 자신과 싸우는 날들의 연속이었다.

보통 주변 사람들이 힘들어하고 슬퍼할 때 우리는 "힘 내." 혹은 "잘 될 거야."와 같은 말로 위로를 한다. 하지만 내 남편은 어느 새벽, 사는 것에 지쳐 엎드려 울고 있는 내게 "고마워."라고 말했다. 내가 이렇게 울고불고 세상이 무너지는 것 같이 우는데 대체 뭐가 고마운 건지 알 수가 없어서 아무 말 하지 않고 그의 눈치를 살폈다. 그는 휴지로 눈물 콧물 범벅된 내 얼굴을 닦아주며 "마침 오늘 우리 집에 희선이가 있어 줘서 고마워. 희선이 힘들 때 내가 바로 옆에서 눈물도 콧물도 닦아 주고, 물도 떠 줄 수 있잖아. 고마워."라고 말했다.

내가 결혼을 한다고 했을 때 대부분의 친구는 축하보다는 놀람에 가까운 반응을 보였다. 대체 어떤 사람이길래 유사 비혼주의였던 네가 결혼까지 결심했냐며 궁금해했다. 그날 새벽 주저앉았던 나와 그런 나를 안아 주었던 그를 생각하면 결혼 이유를 말하다가 왈칵 쏟아낼 것 같아서, 결혼 이유는 웃으며 대충 둘러댔다. 하지만 글로는 용기 내서, 결혼한 이유를 쓸 수 있다.

나는 나의 새벽을 기다려 주고, 아침을 함께 맞이할 수 있는 사람과 결혼했다. 누군가 내게 결혼은 어떤 사람과 해야 하냐고 묻는다면 "내가 바닥 끝에 있어도 우리가 같이 있다는 것 자체로 고마워하는 사람과 해야 한다."고 대답하겠다. 바닥 끝에 있던 나를 구원해 주었던 "고맙다."라는 말 한마디에 나는 그를 어떠한 것으로도 바꿀 수 없는 가치라고 판단했다. 어떤 상황에도 나라는 존재를 고마워하는 그의 손을 평생 놓지 않기로 다짐했다.

실수를 계속 생각하는 마음이
실패인 거야

    찰나의 실수로 이 모든 일을 망쳤다고, 결국 실패라고 생각해 버리는 경우가 있다. 실수는 실패가 아니야. 실수를 계속 생각하는 마음이 실패와 가까운 거지.

실수는 실패가 아니야

실수를 계속 생각하는 마음이

실패와 가까운 거지

해 보지 않은 사람들의 조언

내 지인들은 예전과 같은 성과를 내지 못하는 내 유튜브 채널에 대해 종종 이런 저런 조언을 준다. "나 같으면 대학원 다니면서도 주 2회 이상은 영상 올리겠다.", "떨어지는 구독자 수 신경 쓰지 말고 계속 하지 그래?", "선배 이제 인기 떨어졌지? 너무 빠르다. 더 열심히 해." 등등.

하지만 나는 해보지 않은 사람들의 말을 믿지 않는다. 내 지인들은 아무도 유튜브 구독자 53만명을 기록하지 못했고, 1억 2천만 조회 수도 기록하지 못했다. 그리고 지금 내 성과가 예전 같지 않다는 것에서 파생되는 내 여러 감정을 그들은 모를 것이다. 내게 조언해 주고 있는 지인들은 내가 아니기 때문이다.

물론 나를 걱정해 주는 지인들의 조언은 고마울 때가 있다. 나에게 타인이 아니라 지인의 존재로 각인이 된 그들은 다른 조언을 해 준다. 요즘은 끼니로 무엇을 챙겨 먹는지, 고민이 많은 청춘임에도 밤에는 잘 자는지, 늘 바쁜데 좀 쉬면서 여행도 다니는지를 걱정해 준다.

나는 지인들의 업무와 성과에 대해서 대체로 "그렇구나."로 대답하고, "밥은 잘 먹고 다니니?"로 질문한다. 타인을 걱정해 주는 것이 때로는 타인에게 상처가 될 수 있다는 것을 잘 알고 있기 때문이다. 누군가가 당신의 일 또는 꿈을 두고 "나라면 이렇게 할 거야."라고 조언한다면 "나는 해 보지 않은 사람들의 말을 믿지 않아."라고 하시길. 우리는 각자 다른 과정으로 살고 있으니까.

영혼의 체중계

누군가에게 상처받은 날은 유난히 잠이 안 온다. 어느 날은 오랜만에 연락한 친구로부터 반가움이 아닌 섭섭함을 전해 듣고서 상처를 받았다. 누군가에게 오랜만에 연락한다는 것은 나의 반가움과 상대방의 섭섭함이 마주할 수도 있는 일임을 생각조차 하지 못했던 터라 충격이 컸다. 내 잘못도 분명 있겠지, 친구는 왜 그런 말을 했을까, 앞으로 우리는 계속 친구가 될 수 있을까? 등등 별의별 생각이 꼬리잡기를 하느라 그날 하루의 잠이 다 달아나버렸다.

몇 시간째 잠이 안 와서 집 이곳저곳을 둘러보다가 체중계 위에 올라가서 몸무게를 쟀는데, 몸무게가 조금 줄어든 것 같았다. 아니 실제로 줄어들었다. 저절로 다이어트 되었으면 좋겠다고 노래를 부르는 나지만, 누군가에게 받은 상처로 영혼의 무게가 덜어지는 듯한 느낌은 너무 싫었다. 혹시나 나 또한 누군가의 영혼의 무게를 줄어들게 만들진 않았을까, 마음이 더욱 좋지 않았고 문득 미안해졌다. 누군가의 영혼을 가볍게 만드는 사람 말고, 영혼을 오동통 살 찌우게 만드는 사람이 되고 싶다는 생각이 들었다. 나는 나만큼 상처 받았을 친구에게 다음날 일어나자마자 먼저 사과를 했다. 내 사과로 친구가 가진 영혼의 무게가 조금이라도 돌아왔으면 하는 마음에, 내 진심을 전했다. 다행히 친구는 너의 마음도 이해가 간다며 사과를 받아주었다.

이후에 체중계에 올랐더니 몸무게가 조금 늘어나 있었다. 사과와 용서, 그리고 다시 확인한 우정으로 밥맛이 좋아져서 몸무게가 늘어났을 수도 있지만, 나는 분명히 내 영혼의 무게가 차오르는 걸 느꼈다.

비누 받침대 같은 사람

나는 나에게 보내는 카카오톡 메시지를 곧잘 활용한다. 누군가에게 보낼 메시지에 말실수를 할까 봐 스스로에게 미리 보내 보기도 하고, 정말 중요한 약속을 다시 기록해 두기도 한다. 몸도 맘도 힘든 한 달을 보낸 어느 날, 나에게 보내는 카카오톡 메시지를 훑어 내리다가 「겁나 대단한 사람 말고 비누 받침대 같은 사람이 되고 싶다.」라고 보내 놓은 것을 보았다.

사실 그날 내게 무슨 일이 있었는지 잘 기억나진 않는다. 그날의 나는 얼마나 대단한 일을 벌였기에 비누 받침대 같은 사람이 되고 싶다고 써 놨는지, 아무리 애써 봐도 기억해낼 수 없었다. 내 주변 사람들은 일에 미쳐 있는 내게, 어떻게 그렇게 모든 걸 다 해낼 수 있냐고 묻곤 한다. 하지만 나도 언젠가는 비누 받침대가 부럽게 느껴질 정도로 내 인생에서 조금 덜 중요해지고 싶은 날이 있었나 보다.

그런데 문득 비누 받침대 없는 세면대를 떠올려 보니, 거품 묻은 비누가 여기저기로 미끄러지지 않게 딱 고정해서 받쳐 줄 곳이 마땅치 않겠다는 생각이 들었다. 비누 받침대가 없어진다면 화장실 안의 질서가 무너지는 거겠지. 이제 와서 비누 받침대에게 사과를 하는 것이 웃기지만, 일단 비누 받침대에게 사과한다. 「겁나 대단한 사람 말고 비누 받침대 같은 사람이 되고 싶다.」라고 메모해 놨던 그날의 나를 아주 **빡빡** 씻겨 주고 싶다. 비누 받침대도 저만의 역할과 의미가 있는 건데, 내 자만심으로 비누 받침대를 무시했던 나를 글로 씻겨야겠다.

모든 물건에는 다 이유가 있고, 쓸데없는 것은 '쓸데없다.'는 말에만 있다. 세상의 그 어떤 역할이든 전부 소중한 것이니 절대 무엇과 비교하며 네 삶을 자만하지 말아라. 비누 받침대야, 네 존재를 하찮게 생각해서 미안해.

고름 인간

누군가 툭, 치면 눈물이 아니라 고름이 나올 것처럼 괴로운 날들이 있다. 타인의 괴롭힘으로 인해 종종 곪고 붓는 나. 타인으로 인해 곪았어도 미련한 나는 그들에게 되갚지 않고 인내한다. 인내하면 할수록 나 자신은 더 작아지고 더 곪지만, 그들과 똑같은 사람이 되고 싶지 않아서다.

나의 고름을 터뜨려 줄 수 있는 것은 오직 나 뿐이다. 괜히 타인에게 맡겼다가 고름을 터뜨릴 때 그들에게 묻을까 봐, 그들이 놀랄까 봐 나는 혼자 아주 얇고 긴 바늘을 푹 찌르고 고통의 시간이 지나가기를 기다린다. 어차피 살다 보면 또 다른 이유로 계속해서 고름이 생길 텐데 뭘. 인생은 고름이 생겼다가 고름을 찔렀다가 고름이 낫는 일의 반복이다.

남들보다 고름이 많이 생기는 인생이지만, 어찌 보면 남들보다 새살이 많이 돋는 인생이라서 결국엔 남들보다 강해질 거라고, 그러니까 괜찮다고, 곧 터질 것 같은 살들을 보면서 애써 위로해 본다.

여러 명이 좋아합니다

SNS 인플루언서로 6년을 지냈다. 유튜브, 페이스북 그리고 인스타그램을 하면서 나는 늘 SNS의 숫자에 동요했다. 어느 순간부터는, SNS에 동영상과 사진을 게시하며 남들에게 보여주기 위한 삶을 사는 것만 같아서 피곤하게만 느껴졌다. 나는 좋아요를 많이 받기 위해 여러모로 노력하기보다, 좋아요 숫자에 연연하지 않는 편을 선택했다. 그 결과, 좋아요 숫자는 당연히 예전보다 현저하게 줄어들었다. 이에 대한 부작용으로 '사람들이 더 이상 나를 좋아하지 않나?'라는 생각도 들었고, '어쨌든 이것 또한 나의 선택인 걸 뭐 어쩌겠어.' 하며 체념했다가, '좋아요를 많이 받고 싶다.' 라는 욕심이 다시 올라오기도 했다.

그리고 몇 개월 뒤, 인스타그램에는 새로운 기능이 생겼다. 내 게시물에 몇 명이 좋아요를 눌렀는지 보여주는 '좋아하는 사람 N명'을 '여러 명이 좋아합니다'라는 문구로 대체할 수 있는 기능이었다. 내 사진과 영상을 총 몇 명이 좋아하는지는 나만 볼 수 있게 숨겨 둘 수 있었다. 나는 인기가 떨어진다고 느낄 때, '좋아하는 사람 N명'이 아니라 '여러 명이 좋아합니다'의 기능을 설정해 둔다. 내가 내게 주는 나름의 위로다.

인스타그램의 좋아요가 몇 개든, 너를 좋아하는 사람은 많고 그 마음은 셀 수 없어.

너를 좋아하는 사람은 많고

그 마음은 셀 수 없어

잘 지내?가 잘 지내.로 되기까지

나의 첫 연애는 열여덟 살 때였다. 수험 공부보다 편지 쓰기와 음악 감상에 더 빠졌던 나에게 열여덟 살은 연애 하기 딱 좋은 나이었다. 이후에도 나는 온갖 이유로 사랑 에 빠졌고 누군가와 연애를 했다. 상처를 주고받고, 이별 을 할 것을 알면서도 연애라는 것 자체가 좋아서 꾸준히 연애를 해 왔던 것 같다. 나는 얼굴도 성격도 직업도 모두 다른 그들과 연애를 하면서 늘 뜨거웠다. 어떤 연애는 뜨 거워진 감정에 데여 다치기도 했고, 어떤 연애는 매워서 눈물을 흘리기도 했다. 늘 진심으로 연애를 해 왔기에 연 애의 시작에서는 세상을 다 가진 것처럼 행복했다. 연애가 무너질 때 즈음엔 누가 먼저 헤어지자고 하든, 이별 자체 로 많이 슬퍼했다.

내가 아무렇지 않아졌을 때, 그러니까 시간이 지나 이전의 연애로부터 남은 감정을 완전히 정리하고 다른 사람과 연애를 할 때 즈음엔 꼭 이전 연애 상대로부터 연락이 왔다. 마침표를 찍지 못하고 애매한 쉼표로 관계를 유지했던 옛 연인들은 '자니?' 혹은 '잘 지내?'와 같은 물음으로 나를 더 혼란스럽게 만들며, 한참 전에 마무리된 관계를 수면 위로 끌어 올리려고 했다. 나는 이미 상처를 주고받았다는 것 자체로 관계의 마침표를 찍었다고 생각했는데, 옛 연인들은 자주 나의 안부를 궁금해하며 내가 느낌표나 물음표 등으로 답변을 하길 바라는 눈치였다.

누군가를 만나고 있을 때는 새벽의 옛 연인들에게 답장을 하지 않았고, 만나는 사람이 없을 때는 시시한 답장을 하고 내쳤다. 나도 마찬가지로 그들에게 안부를 묻고 싶었던 날들이 있었지만 어느 시점 이후로는 연인 관계에서 주고받았던 상처는 마침표임을 잘 알고 있는 어른이 되어 가고 있었던 거다. 누군가와 상처를 주고받았다는 것 자체로 관계가 끝났다는 것을 몰라서, 이미 생겨 버린 상처를 치료하지 않고 계속 바라만 보다 1년 넘게 곪았던 시간들도 있었기 때문이다.

이제 나는 당신들이 만들어 준 경험 덕분에 내 마음의

마침표를 잘 찍는 어른이 되었다. 당신들에게 "잘 지내?"가 아니라 "잘 지내."라고, 안부를 묻지 않고 홀로 삼킨다. 더 이상 당신들의 불행을 빌지 않고 행복만 빈다. 누군가를 위해 많이 울고 웃었지만 이제는 눈물도 미소도 모두 마침표를 찍고 지금의 내가 되었다.

　모두 잘 지내지? 나는 잘 지내. 너도 잘 지내.

모두 잘 지내지?

나는 잘 지내

너도 잘 지내

자취가 어른을 만든다

자취 첫 날, 밤에 잠이 오질 않았다. 이 밤중에 누군가가 자취방 문을 두드릴 것 같았고, 2층이었지만 키 큰 귀신이 창문으로 나를 쳐다보고 있을 것 같은 느낌이 들었다. 그렇게 무서운 자취 첫날 밤을 지내고 나서 자취에 완전히 적응한 나는 자유로움을 만끽했다. 나의 자취 생활 패턴은 자유로움에 적셔져 엉망진창이었다.

침대에서 홈런볼을 까먹고 부스러기를 흘려도, 밤 11시에 매운 치킨을 시켜 먹고 아침 내내 피똥을 싸도, 일주일 내내 소시지 반찬으로 편식을 해도 내게 잔소리하는 사람이 없었다. 하지만 나에게 잔소리하는 사람이 없다는 것은 내가 스스로에게 잔소리를 해야 한다는 뜻이기도 했다.

이제 자취 10년 차인 나는 스스로를 다그치며 정리 정돈도 잘하고, 규칙적으로 잘 챙겨 먹는 어른이 되었다. 하지만 가끔은 남에게 듣는 잔소리가 그리울 정도로 외로운 어른이 되기도 했다.

삶의 목적

십 대의 나는
부모님의 기대를 위해 열심히 살았고,
이십 대의 나는
서른 너머의 내가 불안해서 열심히 살았고,
삼십 대의 나는
오늘의 나를 위해서 열심히 살고 있다.

– 서른을 맞이하고 일기장에 쓴 첫 글

사랑하는 사람과
평생 된장찌개를 먹는 일

중학생 때 도덕 선생님께서는 수업을 하고 시간이 남으셨는지 반 아이들에게 "사랑하는 사람과 평생 된장찌개만 먹으면서 살 수 있는 사람 손 들어 봐."라고 물어보셨다. 가정이 있던 도덕 선생님께서 열다섯 살 학생들에게 왜 갑자기 그런 질문을 하셨는지는 알 수 없지만, 내가 지금까지 그걸 기억하고 있는 걸 봐선 도덕 교과서에 나오는 공자와 맹자의 철학보다 인상 깊은 질문이었던 것 같다. 왜냐하면 손을 든 사람은 우리 반에서 나밖에 없었으니까.

선생님은 나를 신기하게 쳐다보시더니 "너는 왜 손 들었니?"라고 물어보셨다. 나는 "사랑하면 뭘 먹어도 밥이 맛있잖아요."라고 답했다. 반 친구들은 내 대답이 열다섯 살답지 않게 느끼하다는 듯 야유를 보냈다. 열다섯 살의 나는 사랑하는 사람이 생기면 평생 된장찌개만 먹고 살 수 있을 줄 알았다. 그리고 열 여덟 살의 나는 첫 사랑 A를 만나서 "A만 있으면 평생 된장찌개만 먹고 살 수 있어."라고 말했고, 이후에 ABCD…… 기타 등등의 사랑을 만나면서는 한 번도 그런 말을 입 밖으로 꺼내지 않았던 것 같다. 어린 날의 내 사랑은 아직 현실과 마주하지 않았기 때문에, 사랑만 있으면 살 수 있다고 당당히 말할 수 있었던 거다.

하지만 한 살 두 살 나이를 먹고 나니, 사랑 하나만이 아니라 생활 전반의 결이 맞아야 연애를 오래 지속할 수 있다는 것을 알게 되었다. 단지 사랑만으로는 상대방과 손을 잡고 미래로 나아갈 수 없다. 살다 보니 사랑하는 사람과 평생 된장찌개를 먹는 일은 생각보다 단순하지 않다는 것을 알게 된 것이다. 내가 만든 된장찌개의 맛에 불평불만이 없는 사람인지, 된장찌개에 차돌박이를 넣을 돈은 있는지, 된장찌개를 먹고 나서 설거지는 누가 할지 등의 결을 잘 맞췄을 때야 이것을 사랑이라 부를 수 있는 나이가 되었다.

열다섯 살의 나는 내가 재고 따지는 어른이 될 줄 몰랐겠지. 된장찌개가 맛있다는 것은 알아도, 사랑의 달고 쓰고 매운 맛을 몰랐던 나. 가끔 그리운 어린 날의 나. 순수했던 나.

어른도 이 모든 것이 처음이니까

우리가 아이였을 때는 모든 것이 처음이었다. 걸음마 떼기와 자전거 타기 그리고 혼자 라면 끓이기 등등, 처음이라 어려웠던 것들이 많았다. 어른이 되어서도, 여전히 처음이라 어려운 것들이 많다. 회사에 취직해서 적응하고, 결혼 준비를 하고, 아이를 낳아 기르는 삶의 어떤 과정들은 어른도 처음 해 보는 것들이다.

무엇이든 처음은 어렵지 않은가. 어찌 보면 당신에게 주어진 오늘 하루조차도 처음이니까, 당연히 어려울 수밖에. 그러니까 당신이 지금 하고 있는 모든 일들에 좌절하지 않길. 갓난아기였을 때 우리는 걷기 위해서 수십 번을 넘어졌고, 수십 번을 일어나며 박수 받았다는 것을 기억하자. 잘 모르겠고 어려울 때는 '나 이거 처음이야.'라는 마음으로 시작하길 바란다.

무엇이든 처음은 어려워

오늘 하루도 처음이니

당연히 어려울 수밖에

생각하는 대로
말하는 대로

　기립성 빈맥 증후군이라는 병을 진단받고 매일매일 개인
SNS에 아픔의 정도를 기록했다. 하루에 자전거를 40분 탔
으면 자전거 운동 사진을 올리며 「40분 운동했는데 오늘도
안 낫네.」라고 기록했고, 그날 하루 운동을 못 했으면 약봉
지 사진을 올리며 「운동을 못해서 더 아픈 것 같음.」이라고
기록했다. 그렇게 몇 개월 동안 관종 코스프레를 하며 '기
승전아픔' 포스팅을 꾸준히 업로드했다.

　어느 날 나의 SNS를 지켜보던 친구가 메시지를 보내왔
다. 매일 아프다고 기록하면 아픈 게 더 크게 느껴질 테니
까 '낫는 중이다.'를 중점으로 기록하면 어떻겠냐는 조언과
위로가 담긴 메시지였다. 곱씹어 보니 생소한 병명과 기약
없는 치료에 지쳤던 나는 단 한 번도 괜찮다, 낫는다, 좋아
졌다 따위의 생각을 해본 적이 없었다. 나를 생각해 주는

친구의 조언과 위로에 작은 의지라도 보여 주고 싶었다. 나는 친구에게 "앞으로 일주일 정도는 아침에 일어날 때 상쾌하다! 나았다! 라고 생각해 볼게."라고 답장을 보냈다. 그리고 앞으로는 개인 SNS에 '아픔 기록'이 아니라, 운동을 꾸준히 하거나 물을 많이 마셨다는 '건강 기록'을 올리기로 약속했다.

친구의 조언이 고맙긴 했지만, 처음에는 '내가 생각하는 대로 혹은 말하는 대로 될까?' 싶었다. 병은 쉬이 낫는 게 아닌데, 생각하는 대로 말하는 대로 술술 이뤄진다면 세상 모든 사람들은 아플 일 없겠다는 생각까지도 해 봤다. 하지만 나를 걱정해 주는 친구와의 약속은 지키고 싶었다. 하루아침에 마음을 바꾸기란 어려워서, 며칠 동안 천천히 마음을 바꾸며 지냈다. 그렇게 며칠을 보내니까 신기하게도 병의 치료 속도에 탄력이 붙었다. 예전의 나는 증상이 조금만 심해져도 걱정했다. 그런데 어느 순간부터는 조금 아프다 싶으면 '오 그래도 예전보다 덜 아픈데? 낫고 있네.'라고 생각하게 되면서, 병이 더는 신경 쓰이지 않을 정도로 아프지 않게 되었다. 몇 개월 동안 아팠던 나는 며칠 동안만큼은 그런대로 괜찮아졌다.

세상에는 생각하는 대로 말하는 대로 이뤄지는 것도 있다는 걸, 이제는 믿을 수 있다.

부치지 못한 편지

언젠가 가족조차 나에게 든든한 울타리가 되어 주지 못해서, 내가 한없이 작아지기만 했던 때가 있었다. 형제도 없이 자란 내가 이런 이야기를 마음 편히 털어놓을 곳이라고는 노트북 앞밖에 없었기에 나는 노트북을 펼쳐 타자 한 번에 눈물을 한 방울씩 흘리며 고등학교 시절 은사님께 편지를 썼다. 할 말이 왜 그리도 많았는지 모르겠다만, 은사님을 뵙지 못했던 몇 년 동안 쌓아왔던, 맑고 궂은 일들을 구구절절 써 내려 갔다. 하지만 편지를 인쇄하고 편지지를 봉투에 넣는 순간, 문득 내 인생이 초라하고 부끄러워져 결국 부치지 못한 편지로 남겨두었다.

그리고 엉킨 마음을 풀지 못한 채로 더 이상 내게 든든하고 평화로운 장소가 아니게 된, 고향으로 휴가를 갔다. 어떻게든 엉킨 마음을 풀고 싶어져서 고향 친구를 불러내 동네 카페로 향했다. 그리고 놀랍게도, 그곳에서 편지 속 은사님을 마주쳤다. 나는 은사님이 너무 반가워서 부치지 못한 편지가 있다며 호들갑도 떨고, 요즘 수필을 쓴다고 자랑도 하고, 이제 어른이라며 결혼 소식도 전했다. 나는 은사님께 부치지 못한 편지 내용 중 맑은 일만 전했다. 그리고 다음에 꼭 편지를 부치겠다며 인사를 드리고 은사님과 다음의 우연을 기약했다.

오랜만의 대화 시간이 짧아서 아쉬웠지만, 그래도 행복하고 평온했다. 기억을 거슬러 가니 나는 고등학교 시절부터 가족 문제로 힘들었지만, 은사님의 인도가 있었기에 밝고 맑은 어른이 될 수 있었던 거 같다. 앞으로 내가 어떤 길을 걷더라도 오늘 은사님이 내 앞에 나타난 것처럼, 나를 응원해 주는 사람들이 어디선가 우연히 나타날 것이라는 강한 느낌이 들었고, 우연이 가져다 준 선물에 딱딱했던 마음이 조금은 풀어졌다.

그리고 다시 서울로 올라와서 생각해 보니 부치지 못한 편지에 담긴 내 인생을 부끄러워할 이유가 없었다. 나는 눈물을 뚝뚝 흘리며 편지를 썼던 나를 잊고, 다시 타자기를 꾹꾹 누르며 아주 씩씩하게 편지를 써 내려 갔다. 은사님께

새로 쓴 편지에는 「살아 보니 인생엔 궂은 일도 맑은 일도 모두 있네요. 저는 조금 불행하고 많이 행복해요.」라고 썼다. 이전에 썼던 궂은 일 가득한 편지도 그리고 새로 쓰게 된 씩씩한 편지도 모두 다 내 인생인 걸 어쩌겠는가.

산다는 것은 한 손에는 지나간 궂은일을, 다른 한 손에는 다가올 희망찬 일을 모두 꼬옥 쥐고 나아가는 것. 어쩌면 그 걸음마다 한 발자국에는 불행이 찍혀 있고 다른 한 발자국에는 행복이 찍혀 있을지도 모르는 것. 문득 길을 걷다 돌아보면 불행의 발자국보다 행복의 발자국이 더 선명하게 보여 이내 눈물을 멈추고 미소를 짓게 되는 것.

부치지 못한 편지로 다시 돌아보게 된 나의 인생아, 앞으로도 두 주먹 꼬옥 쥐고 잘 걸어 나가렴.

PART 3

우리의 소중한 오늘에게

남들처럼 말고 나처럼

이제 겨우 서른 살 살았지만, 살다 보니까 남들을 따라서 살 필요가 없다고 느낀다. 남들을 따라 해야 하는 것은 법과 도덕의 영역 정도랄까. 교통신호 잘 지키고 직장동료나 친구들에게 인사 잘하고 잘 웃어 주는 정도면 된다.

하지만 뭐든 남들처럼 하는 것이 세상과 잘 어울리는 방법이라고 생각하는 사람들이 있다. 그들은 남들이 무엇을 사거나 어떤 것을 경험하면 '남들처럼'이라는 이유로 따라 한다. 그리고 남들에게 자랑한다. 어떻게 보면 그것은 남들의 삶을 모방하는 것이지 온전한 본인의 삶이 아니다. 남들로부터 시작해서 남들로부터 끝나는 삶은 건강하지 못하다. '나처럼'이 아니라 '남들처럼' 사는 것을 선망할 이유가 있을까. 좁은 집단주의적 사고에 갇혀서 '남들처럼' 살지 않고 '나처럼' 사는 삶의 방식을 비판할 권리는 그 누구에게도 없다.

'남들처럼'은 위험한 말이라고 느껴졌다. 나 스스로가 원하는 삶의 방향을 결정하는 데 있어서 그 단어는 도움이 되지 않기 때문이다. 인생은 남들과 함께 어울려 사는 것이지만, 내 인생을 남들이 대신 살아 주지는 않는다. 그러니, 오늘도 '나처럼' 살기로 약속.

쌀과 기름을 만들어 주는 마법

예전보다 유튜브 동영상의 조회 수도 적게 나오고, 미디어 콘텐츠 강의도 적게 나가고, 방송 출연 제의도 줄어들 때는 온갖 부정적인 생각만 든다. 나는 한결같이 노력하고 있는 반면, 프리랜서로서 일자리의 위협은 계속되기 때문이다. 앞으로도 계속해서 유튜브의 조회 수로만 스스로를 판단할 것 같았고, 이렇게 방송일 없이 살다가 결국엔 사람들이 나를 잊을까 봐 무서웠다. 어느 날은 아무것도 할 수 없다는 생각이 들어 정말 아무것도 하지 않은 채로, 집에서 가라앉는 시간을 보냈다. 하루종일 침대에 누워서 남의 SNS만 들여다보기도 했다. 무기력이 계속되던 어느 날, 볶음밥을 해 먹으려고 기름 두른 프라이팬에 쌀을 넣는데, 갑자기 이런 생각이 들었다.

'부정적인 생각을 한다고 쌀이 나오냐, 기름이 나오냐.'

긍정적인 생각을 하면 쌀 한 톨 만들 계획이 생기고, 기름을 짤 체력이 생긴다. 그러니까, 잘 먹고 잘 살기 위해서는 긍정적인 생각을 하는 것이 훨씬 낫다는 걸 깨우친 거다. 그날은 밤을 새워 가며 유튜브 동영상도 만들고, 미디어 콘텐츠 강사 포트폴리오도 수정하고, 지금까지의 방송 모니터링도 했다.

그리고 놀랍게도 그날, 이메일을 열어 보니 새로운 일거리 제안이 와 있었다. 세상일이 생각하는 대로 모두 이루어지는 것은 아니지만, 긍정적인 생각을 하다 보면 운 좋게 무언가가 저절로 이루어질 때도 있다. 당신의 생각이 당신에게 쌀과 기름을 만들어 주는 마법, 나는 볶음밥을 만들면서 경험했다. 지금 당장 힘들다고? 그럼 속는 셈 치고 볶음밥부터 만들어 보자.

오늘의 선택, 내일의 결과

이미 시작해 버린 일을 훗날 '좋은 선택이었다'고 생각할 방법은 딱 하나다. 좋은 결과를 만들어 내는 것이다. 당신들의 걱정과 달리 나는 내 선택에 책임지고자 무던히 노력했고, 이렇게 좋은 결과를 만들어 냈다고. 좋은 결과를 만들어 냈기 때문에 그때 내가 내린 선택은 옳았던 것이라고, 사람들에게 보여주면 된다.

선택 후의 결과에 확신이 없어서, 이미 선택해 버린 것들을 생각하며 안절부절못하던 시기가 있었다. 하지만 이미 선택해 버린 것이니 후회하지 않기 위해 계속해서 노력했다. 그래야만 내 선택이 옳았다는 것을 증명할 수 있었기 때문이다.

내 인생은 남들이 대신 살아주지 않는다. 그러므로 당신의 선택을 남들이 탓한다고 해도 귀담아 들을 필요 없다.

당신은 그저, 선택에 대한 결과를 좋게 만들려고 부단히 노력하면 된다. 설령 남들이 손가락질한다 해도, 당신은 스스로를 믿고 계속해서 엄지손가락을 치켜세워 줘야 한다. 자신을 믿고 노력하는 사람에게 좋은 결과는 저절로 따라온다.

그러니까 오늘의 선택, 내일의 결과 그리고 그 이후에도 끝없는 선택으로 이뤄진 우리의 삶을 그렇게까지 걱정하지 않아도 괜찮다. 마음 먹기에 따라 선택도, 그에 따른 결과도 모두 당신을 향해 열려 있다.

마음 먹기에 따라

선택도 그에 따른 결과도

모두 너를 향해 열려 있어

인연을 이어 나가는 일

그동안 바쁘다는 핑계로 자주 연락하지 못했던 친구에게 청첩장을 주려고 오랜만에 메시지를 보냈다. 친구는 그동안 왜 연락하지 않았느냐며, 필요할 때만 자신을 찾는 것이 아니냐며 나에게 서운함을 토로했다. 나는 이 친구를 떠올리면 함께 많이 웃었던 기억들만 떠올랐다. 그래서 오랜만에 연락해 결혼 소식을 전해도 친구가 당연히 기뻐할 것이라고 생각했지만, 친구가 나에게 갖고 있는 기억의 조각은 달랐다.

말이 나온 김에 서로의 감정을 솔직하게 터놓기로 하자마자 친구는 "힘든 시기가 지난 것 같은데도 통 소식이 없어서 서운했어."라고 말했다. 들어 보니, 내가 엄청 힘들었던 시기에 자신에게 기댔고, 친구로서 그때 내 걱정을 많이 했다고 한다. 친구의 기억을 듣기 전까지 나는 내가 힘든 시기에 어떤 행동을 했는지, 그리고 다른 사람에게 얼마나 걱정을 끼쳤는지 잊고 살았던 것이다. 나는 친구에게 진심으로 미안해졌다. 내가 힘들다는 이유로 친구에게 기대고, 내가 기쁘다는 이유로 친구에게 축복받고 싶어 하는 이기적인 내 모습이 너무 부끄러워졌다. 그리고 문득, 다른 친구들도 이처럼 나와 다른 기억의 조각을 갖고 있을 수 있겠다는 생각이 들었다. 내 이름을 들었을 때 누군가는 좋은 기억이 떠오를 수 있지만, 누군가는 내 이름의 앞 글자만 들어도 내게 서운한 기억이 떠오를까 봐 두려웠다.

그래서 그날은 기억의 조각을 맞추고 싶어서 전화번호부를 쭉 훑었다. 여러 이유로 연락을 못 했던 기간 동안 서로의 기억이 왜곡되지 않도록, 이 사람 저 사람에게 안부를 물어보며 기억의 조각을 애써 비슷한 모양새로 맞춰 보았다. 행여 기억의 조각이 다르더라도 애쓰고 싶은 관계라면 약속을 잡았고, 기억의 조각이 다르다는 이유로 서로 에너지가 소멸한 관계는 안부만 묻고 끝냈다.

살다 보면 처음부터 서로의 기억이 다를 수도 있고, 시간이 지나 기억의 모양이 변할 수도 있다. 그래도 내 기억 속에 존재했던 소중한 사람들과 다시 한번 용기 내서 새로운 기억을 만들어 나가는 일을 해 보니까, 인연을 이어가는 일에도 노력이 꼭 필요하다는 생각이 들었다. 서로가 가진 기억의 조각을 놓지 않고 계속해서 맞추는 일, 인연의 또 다른 정의다.

행복 전도사

"행복하세요?"

남편을 소개팅으로 처음 만난 날 내가 던진 질문이었다. 그 질문 이전에 우리는 "무슨 음식 좋아해요?", "영화 좋아하세요?"와 같은 질문들을 주고받았다. 소개팅은 보통 이런 질문을 주고받다 서로 잘 맞는지 확인하고, 잘 맞는다 싶으면 사귀는 것으로 알고 있었는데, 소개팅에서 나열하면 좋을 단어들로 그와 나의 잘 맞음을 확인하기는 싫었다. 그래서 생뚱맞게 "행복하세요?"라는 질문을 던졌던 거다.

하지만 그는 "아니오."라고 단호하고 빠르게 대답했다. 이 사람은 얼마나 행복하지 않길래 이런 대답을 스피드 퀴즈처럼 빨리 외치는 것일까, 라는 생각이 들었지만, 티 내지 않고 내 행복들을 열거했다. "저는 요즘 자전거 시속 20km 달리는데 그게 기록된 걸 보면 행복하고요. 피아노를 다시 배우는데 왼손 악보를 다시 읽을 수 있어서 그것도 행복하고요. 그리고 소개팅 마치면 집 가서 영화 볼 건데 그것도 미리 행복해요."라고. 나는 행복하지 않다는 사람 앞에서 나만의 행복을 자랑했다. 처음 만나는 자리인데 소시오패스처럼 보일까 봐 걱정되진 않았다. 내 행복을 자랑하는 게 뭐 어때서. 그와 교제 후에 알게 된 것이지만, 그는 행복을 전도하는 내 모습이 꽤나 신선하고 매력적으로 보였다고 한다. 그리고 집에 돌아가서 본인의 행복을 계속해서 생각해 봤다고 전했다.

그 이후로 나는 주변인들에게 종종 행복하냐는 질문을 던지게 되었다. 질문에 대한 대답이 '불행하다.'로 돌아오면 타인의 불행을 공감해 주고, 행복은 도처에 있으니 주위를 둘러보라고 일러 준다. 질문에 대한 대답이 '행복하다.'로 돌아오면 온갖 호들갑을 떨며 타인의 행복에 더하기와 곱하기로 반응해 준다.

사람들은 행복하냐는 질문을 받았을 때, 행복한가 혹은 행복하지 않은가 하는 이분법적 사고로 삶을 판단하려고 한다. 그래서 나는 사람들에게 꼭 되묻는다. 무엇이 행복한데요? 뭐 때문에 불행해요? 나의 질문을 들은 사람들은 일상에 치여서 생각해 보기 어려웠던 '행복'이라는 단어를 두고 곰곰이 생각하다가 왜 행복한지, 왜 불행한지 곱씹고 함께 이야기를 나누게 된다. 그리고 우리는 각자 행복의 기준이 다르다는 것을 깨닫는다.

그래서 말인데, 이 글을 읽고 계신 당신은 행복하세요?

99개의 선플과 1개의 악플

지금까지 유튜브 동영상을 약 삼백 편 이상 제작하면서 수많은 댓글을 마주했다. 아마 지금까지 내가 읽은 유튜브 댓글은 수만 개가 넘겠지. 댓글에도 다양한 유형이 있지만 내가 가장 좋아하는 댓글은 ㅋㅋㅋ이 가득한 댓글, 그리고 '채채님 웃겨요.'라는 댓글이다. 코미디 혹은 엔터테인먼트 동영상을 제작하는 사람에게 ㅋㅋㅋ이 가득한 댓글은 간접적이지만 명확한 칭찬이고, '채채님 웃겨요.'라는 댓글은 직접적이고 보람을 느끼게 하는 칭찬이기 때문이다. 내 유튜브 채널은 대체로 꽃밭 같은 분위기라서 나를 향한 웃음과 칭찬이 끊이질 않지만, 아주 가끔 언짢은 댓글을 마주하기도 한다.

어느 날은 예전부터 함께 콘텐츠 촬영을 했던 남성 유튜버와 내가 모텔에서 손잡고 나오는 것을 본 적이 있다, 라는 루머성 악플이 달렸다. 우리는 서로 손끝만 스쳐도 소스라치는 사이인데, 비슷한 류의 악플에 황당했던 경험이 더러 있었다. 그리고 나의 동영상과는 아무런 관련 없이 '쌍년', '미친년', '나가 뒤져라' 등의 악플이 달리는 날도 있었다. 그런 날에는 내가 혹시 정말 나쁜 사람인가 아니면 미친 사람인가 생각해 보기도 했지만, 근거 없는 악플에 스스로 깨우칠 답은 없었다.

내 유튜브 동영상에 99개의 선플과 1개의 악플이 달린다고 했을 때, '선플 99 : 악플 1'이라는 비율로만 댓글을 받아들이기는 어렵다. 악플은 100개 중 단 하나지만, 그 영향은 엄청나다. 어느 순간 꽃밭을 이룬 선플은 잊고 악취 그득한 악플만 계속 곱씹게 되니까.

그래도 유튜브 채널을 6년째 운영하다 보니 이제는 요령이 생겼다. 악플이 달리면 최대한 빨리 잊어버리려고 노력한다. 다른 사람들이 악플을 보지 못하게 즉시 삭제하고, 내 채널에서 사용자(악플러) 댓글 숨기기 등의 기능을 이용하기도 한다. 누군가는 악플도 지우지 말고 내버려 두라고 하지만, 단어도 모호하고 근거 없는 악플은 받아들일 수 없다.

우리 모두 수많은 사람과 지내는 동안 비슷한 일을 겪었을 것이다. 99명의 칭찬보다 1명의 악담이 더 크게 와 닿고, 더 오래 마음에 머무른다. 당신을 고통으로 몰아넣는 단 1명의 사람 때문에 당신에게 기쁨을 주는 99명의 마음을 보지 못한다는 것은 참 안타까운 일이다. 악담은 듣는 즉시 머릿속에서 삭제 혹은 차단 버튼을 누르고, 칭찬은 듣는 즉시 하트 버튼을 눌러 주는 순발력이 우리의 마음에 장착되면 좋겠다.

안티 카페와 팬 카페

어느 날 엉뚱하게도, 모두에게 사랑받는 연예인도 안티 카페가 있는지 궁금해졌다. 그래서 평판이 좋은 연예인의 이름 옆에 안티라는 단어를 붙여서 검색해 보았다. 검색해 보니 평판이 좋은 연예인이든 나쁜 연예인이든, 누구든지 안티 카페가 있었고, 그들이 미움받는 이유도 가지각색이었다. 이유 없는 미움도 존재했다. 대부분의 사람들에게 사랑받고 칭찬받는 연예인들도 안티 카페가 있다는 걸 알게 되었다.

내 인생의 안티 카페 회원 수가 팬 카페 회원 수보다 현저히 적다는 사실만으로도 나는 큰 위로가 된다. 나를 미워하는 지인은 손에 꼽지만, 나를 좋아하는 지인은 많고 많으니까. 나뿐만 아니라 그 누구라도, 안티 카페 회원 수보다 팬 카페 회원 수가 더 많을 거다. 흔히 '느님'이라는 말을 붙여가며 모두에게 사랑받는 연예인도 안티 카페가 있는데, 하물며 우리라고 어느 누구에게도 미움 받지 않을 수 있을까.

모두에게 사랑받을 수는 없다. 그러니 내가 뭘 해도 못마땅할 안티 카페 회원들은 머릿속에서 지우자. 그리고 좀 더 많은 애정과 관심을 나의 팬 카페 회원들에게 쏟아 보자.

오늘 지금 당장

친구가 사고로 세상을 떠났다. 이제 막 스물네 살이 되었을 때였는데, 주변 친구들에게 전해 듣기로는 사고를 피하지 못해서 세상을 떠났다고 했다.

그 친구와 나는 중학생 때 처음 만났다. 같은 반이 된 적은 없었지만 같은 동아리여서 자주 봤었다. 우리 집에서 숙제를 같이 하기도 했고, 친구네 할머니 댁에서 자고 올 정도의 사이였다. 고등학생 때는 서로 학교가 달라져서 중학생 때만큼 자주 보진 못했지만 동네 독서실을 오가며 종종 인사를 했다. 대학생이 되었을 때는 서로 사는 지역이 달라져서 SNS로만 안부를 물었고, 만날 수가 없었다.

그러던 중 오랜만에 듣게 된 친구의 소식이었다. 친구에게서 직접 들을 수 없는 소식. 친구는 대학을 졸업한 지 얼마 되지 않아 세상을 떠났다. 몇 년 만에 장례식장에서 친구의 사진을 보니 친구의 모습이 아른거려서, 그동안 우리가 나눴던 SNS의 메시지 함을 열어 봤다. 불과 몇 개월 전만 해도 '넌 요즘 어디 있니?', '나도 보고 싶다.', '우리 날씨가 따뜻해지면 꼭 만나자!'라는 이야기를 나눴었다. 그리고 날씨가 추워지는 동안 친구는 너 추운 곳으로 떠나 버렸다. 그날 이후로 몇 번이나 날씨가 따뜻해졌지만, 날씨가 따뜻해지면 꼭 만나자는 약속을 우리는 지키지 못했다.

이제 나는 친구를 기억하고 상상하기만 할 뿐, 영영 볼 수 없게 되었다. 이럴 줄 알았더라면 '우리 날씨가 따뜻해지면 꼭 만나자.'가 아니라 '오늘 당장 만나자.'라고 했어야 하는데, 기약 없는 약속은 정말로 기약 없는 약속으로만 남게 된 것이다. 그로부터 몇 년이 지난 지금까지도, 나는 종종 그 친구를 떠올리며 후회한다.

오늘, 지금, 당장이 아니면 안 되는 인연도 있다. 친구가 떠난 이후로 나는 보고 싶은 사람이 있으면 무조건 만날 날짜부터 잡는다. '다음에 만나자.'는 두루뭉술한 약속보다, '다음주 주말 오후 1시에 만나자.'는 약속을 만든다. 인연이 사람 마음대로 되지 않는 경우도 있다는 것을 경험하고 나서야 나는 오늘이, 그리고 지금 당장이 중요한 사람이되었다.

나라는 연극

친했던 작가님이 오랜만에 안부를 전해 왔다. 작가와 출연자로 만난 사이여서 나는 작가님이라는 칭호로 답장을 했다. 그랬더니 더 이상 자신은 작가가 아니라고, 작가와 출연자 사이로 만났던 우리 사이지만 직업은 떼어 버리자고 했다. 작가'였던' 그 분은 현재 콘텐츠 스타트업에서 여러 일을 하고 있다고 했다. 기획자, 디자이너, 그리고 메이크업 아티스트까지 한다고, 무슨 일을 하는지 모를 정도로 바쁘다고 하셨다. 나는 그 분께, 이것도 저것도 하는 것은 결국 여러 역할을 해내는 것인데, 이 모든 역할은 나라는 큰 연극을 만들기 위함일 거라고 응원 메시지를 보내 드렸다.

살다 보면 우리는 다양한 역할을 맡게 된다. 나는 누군가의 딸이면서도 누군가의 친구고, 누군가의 연예인이고 누군가의 옆집 주민이다. 이 모든 역할을 완벽히 해내긴 어럽지만 결국 이 모든 역할을 잘 해내기 위해 애쓰는 이유는 나라는 한 편의 큰 연극을 만들기 위함이다. 이 연극의 끝에는 순간마다 최선을 다한 주인공이 서 있을 것이다. 오늘의 역할, 오늘의 장면, 오늘이라는 막이 내려지면, 오늘도 훌륭했다고 스스로에게 박수를 쳐 줄 수 있는 나날들이 계속되길.

오늘의 역할

오늘의 장면

오늘이라는 막이 내려지면

오늘도 훌륭했다고

스스로에게 박수를 쳐 주자

닳은 인연과 닮은 인연

 어느 날, 연락이 뜸했던 친구에게서 문자가 왔다. 친구는 내 유튜브로 광고 영상을 제작하는 것에 대해서만 물어보았고, 서로의 소식을 나누지 않은 채로 연락을 끝맺었다. 그리고 몇 개월 뒤에도, 또 몇 년 뒤에도 그 친구는 비슷한 용건으로만 연락해 왔다. 몇 년의 섭섭함이 쌓여서 우리의 관계에 대해 대답을 듣지 않으면 안 되는 지경까지 이르렀다. 그래서 채희선보다 유튜버 채채에게만 용건이 있는 친구에게, 왜 더 이상 내게 사사로운 이야기는 하지 않고 목적이 있는 연락만 하냐고 물어보았다. 친구는 망설이다가, 네가 많이 유명해져서 더 이상 친구로서 연락하긴 어려웠다는 답을 해 주었다. 내가 어떤 모습으로 성장해도 내 곁에 있어 줬던 친구들은 나의 사사로운 일까지 궁금해하며 꾸준히 연락하고 지냈는데, 이 친구와는 내가 유명해졌다는 이유로 친구가 아닌 '유튜버'와 '업무 실적을 쌓고 싶은 사람'의 관계가 되었다는 게 참 씁쓸했다.

결혼하고 나서는 나만 초대받지 못하는 친구 모임도 생겼다. 나는 결혼을 하나 안 하나 늘 비슷한 일정으로 살고 있는데 친구들은 왜 나를 모임에 초대하지 않은 걸까. 아마 나의 결혼 생활을 배려하느라 그랬을 수도 있고, 결혼 이후 내가 자신들과는 다른 환경에 살고 있기 때문에 낯설게 변했을까 봐 괜히 어려워서 그랬던 것일 수도 있겠다. 나는 끝내 친구들에게 왜 나를 모임에 초대하지 않았는지 묻지 않았다. 그저, 우리의 인연이 닳은 인연인지 또다시 닿게 될 인연인지 더 지켜봐야겠다고 생각할 뿐이었다. 어쨌든 씁쓸함은 나 혼자의 몫이었다.

살다 보면 여러 이유로 인연이 닳을 때가 있다. 그 누구도 잘못하지 않았지만 각자의 달라진 환경이 서로에게 인연이라는 교집합을 만들어 주지 못할 때, 인연은 자연스럽게 닳는다. 내가 유명한 유튜버가 되든 갑자기 유부녀가 되든, 나는 채희선 그 이상도 이하도 아닌데 상대방은 나에게서 서서히 멀어졌다. 하지만 또 어떤 인연은 한결같이 나와 함께해 줬다. 그들은 내가 유튜버가 되나 유부녀가 되나 계속해서 연락을 해 왔고 나를 궁금해했다. 내 앞에 붙는 수

식어보다 나 자체를 사랑해 주는 사람들이었다.

'그 사람은 왜 나를 필요할 때만 찾지?', '왜 이 친구는 더 이상 연락이 없지?' 라고 닳은 인연을 계속 곱씹으며 변해 버린 우리의 관계에 이유를 찾으려고 했지만, 잘 생각해 보면 그 인연은 내가 뭘 해도 닳아 버릴 인연이었을 것이다. 그러니까 난 지금의 인연들에게만 잘하면 된다. 어떤 사람과의 인연은 계속해서 닳았다가 닳았다가를 반복할지도 모른다. 하지만 확실한 것은 이미 오롯이 닳아 있는 인연들은 당신이 무엇을 하든, 계속 그 자리에서 당신을 응원하고 사랑해 줄 거라는 것이다. 오늘 당신은 어떤 인연과 함께하고 있는가? 오늘은 나와 닳아 준 인연들에게 '함께해 줘서 고맙다'고 마음을 전해 보자. 앞으로도 계속 나와 함께할 수 있게끔.

매듭

한 번 엉킨 매듭은 풀면 되지만

여러 번 엉킨 매듭은 풀지 말고 잘라야 한다.

남은 미련 때문에 매듭을 자르는 일이 어려울 수도 있지만,

엉켜서 풀리지도 않는 매듭을 풀겠다고

당신의 시간을 낭비하지 마라.

당신이 쥐고 있는 수천 개의 끈 중 하나일 뿐이다.

제대로 사과하는 법

유튜버로 활동하면서 낯선 사람들을 만나면 열에 아홉은 "악플 많이 받으세요?"라는 질문을 던진다. 랜선을 통해 타인에게 노출되는 직업이라면, 악플이라는 것은 인지도 옆에 붙어 있는 당연한 무엇인가로 보여지나 보다. 유튜브에 영상을 업로드한 어떤 날에는 순식간에 몇 천 개의 댓글이 달린다. ㅋ과 ♥로 가득 찬 몇 천 개의 댓글들을 훑어볼 때는 답장을 말로 전하고 싶어서 혀가 간질거리는 느낌이 난다. 하지만 사랑 듬뿍 담긴 댓글이 아니라 맥락과 근본이 없는 댓글을 읽으면 곧바로 혀가 떫어진다. 수백 개의 선플 중에 고작 하나의 악플이라도 나는 계속해서 떫은 맛만 느껴지는 것이다.

보통 악플이 달리면 삭제를 하거나 계정 차단을 한다. 하지만 어쩐지 그날따라 악플러를 신고해야 할 것 같았다. 악플러는 나의 SNS 게시글에 '채희선 미친년이 알지도 못하면서. 저것도 리포터랑 유튜버라고 ㅉㅉ.'라고 맥락과 근본이 없는 욕을 써 두었다. 나는 사이버 수사대에 악플 내용을 그대로 신고했다.

경찰서에서 조사관은 "그 악플을 보았을 때 어떤 기분이었나요?"라고 물었다. 나는 "제가 미친년인 줄 알았어요."라고 답했다. 사실 그 외에는 할 말이 없었다. 기승전결이 있는 비판이 아니라 대뜸 '채희선 미친년'이라니. 조사관은 "슬펐어요.", "화났어요.", "혼내 주세요."가 아닌 "제가 미친년인 줄 알았어요."라는 답변에 "흠……"이라는 대답밖에 내놓지 못했다. 상대가 사과를 하면 선처할 것이냐고 내게 물은 후에, 시간이 조금 걸릴 수도 있지만 최선을 다하겠다는 말로 나를 위로했다. 나는 몇 날 며칠을 부들거리며 지냈다. 분노와 황당함, 한편으로는 내가 정말 미친년일지도 모른다는 착각이 가시기도 전에 악플러로부터 메시지가 왔다.

「죄송합니다.」

나는 설마 저 다섯 글자가 끝일까? 싶어서 다음 날까지 메시지 함을 여러 번 열어보며 사과를 기다렸다. 하지만 '죄송합니다.' 다섯 글자가 끝이었다. 하다못해 친구랑 싸우고 엄마랑 싸워도 다섯 글자로 사과를 하진 않는다. 보통 상대방에게 사과를 할 때는 내가 이런 이유로 미안했고, 앞으로는 미안할 일을 만들지 않겠다고 하지 않나. '죄송합니다.'라는 문장에서 나는 어떠한 진정성도 읽을 수가 없었다. 나는 논리 없는 짧은 악플에 몇 날 며칠을 부들거리며 부정적인 감정들로 흔들렸는데, 악플러는 사과 메시지조차 논리 없이 짧았다. 나는 경찰서로 가서 선처하지 않겠다고 전했다. 합의가 필요 없는 일인지라 합의금을 받지 않았고, 악플러는 나라에 벌금을 냈다.

많은 사람이 내게 엄지손가락을 들어준다 해도 단 한 사람이 검지 손가락으로 나를 조롱하고 욕하면, 자신이 손가락질만 당하는 사람처럼 느껴진다. 나는 악플러의 검지 손가락을 부러뜨렸다. 하지만 나는 그의 검지 손가락을 부러뜨리며 통쾌하진 않았다. 그와 화해하지 못했기 때문이다. 화해라는 것은 피해자와 가해자 사이에 사과와 용서가 오가야 이뤄질 수 있다. 이렇게 진정성 없는 '죄송합니다.' 다섯 글자로는 평생 용서 받지 못한다. 제대로 사과하는 법, 악플러를 통해서 배웠다.

우리의 고민

어느 날, 친구와 밥을 먹다가 당시 나의 고민을 얘기했다. 친구는 '지금', '식당'이라는 같은 시공간에 머무르며 나의 고민을 들어줄 수는 있어도, 내 고민의 시공간을 함께 겪지 않았기 때문에 이를 잘 헤아리기 어려웠을 거다. 하지만 지금 식사 자리에서 내 고민을 털어놓지 않으면 나는 이 고민을 영영 삼키지 못한 채 남겨둘 것 같아서 솔직하게 이것저것 말했다.

밥을 먹다가 시작된 급작스러운 상담에 체했을 법도 한데, 친구는 '우리'라는 단어를 써 가며 내 고민을 진지하게 들어주었다. "희선아, 네가 하는 고민은 나도 겪어 본 거야. 우리의 고민이지."라며 함께 고민해 주고, 날 위로해 주었다. 나는 친구와 머무르는 지금 이 시공간이 고마웠다. 지금 당장 내 고민이 사라지지 않더라도, 내가 가는 길마다 친구가 응원해 주는 모습이 그려지면서 마음이 든든해졌다.

 '우리'라는 단어를 통해 참 많은 것을 배운다. 누군가가 고민을 말하면 그것은 이제 우리의 고민이 되는 것이고 우리의 마음이 되는 것이구나.

누가 누구의 멘토인가?

몇 년째 협업하던 NGO 단체의 사회복지사 선생님께서 "채채님, 우리 NGO 단체에 소속된 예체능계열 학생들에게 멘토가 되어 주실래요?"라고 제안을 해 주셨다. 나는 누군 가의 멘토, 그러니까 스승 같은 존재가 된다는 것 자체로 우쭐해져서 흔쾌히 수락했다. 학생들을 실제로 만났다면 더 좋았을 테지만, 코로나19로 인해 우리는 온라인으로 멘 토링 시간을 가졌다. 나에게 평가 받는 학생들은 자신이 그 렸던 그림이나 받은 상장 등을 보여 주며 자신의 꿈에 대해 서 당당하게 발표했고, 나는 멘토로서 랜선 너머로 흐뭇하 게 웃으며 그들을 점수로 평가하고 있었다.

학생들이 각자의 일 년 계획을 발표하면 나는 질문을 던 졌다. 그 질문에 어떻게 대답하느냐에 따라 장학금을 받는 학생과 아닌 학생이 나누어졌다. 그래서 나는 분별력 있게 점수를 매기려고 일부러 어려운 질문을 던졌다. 참고용 예시 질문을 보니 '실패'와 관련된 질문이 있었다. 나는 한 학생에게 "만약 자신의 꿈이 실패로 돌아가면 어떻게 하죠?"라고 물었다. 그러자 그 학생은 "제게 실패란 없습니다. 왜냐하면 실패가 있더라도 계속해서 도전하고 성공하면 그것은 실패가 아니기 때문입니다."라는 대답을 했다. 그 대답을 듣는 순간, 멘토와 멘티가 바뀐 느낌이었다. 멘토라고 이 자리에 부른 사람은 실패가 두려워서 인생의 모서리마다 방어 기제를 쳐 놓는 사람인데. 스스로가 부끄러워졌다.

화면 속 멘티 학생들의 얼굴과 평가지를 다시 찬찬히 살펴 보았다. 지금 이 순간, 나에게 점수로 평가되고 있는 학생들은 각자 인생의 폭이 다르고, 개성이 다르고, 꿈의 목표가 다른데 내가 이것을 고작 숫자 따위로 평가할 수 있을까? 싶었다. 그들이 겪었을 인생의 파도를 1에서 100 사이의 숫자로 판단하고 평균값을 내는 나는 진정한 어른인 걸까. 서른의 나는 어른으로서 학생들의 꿈을 점수로 평가하고 조언을 쓰는 멘토가 되었지만, 어쩌면 스무 살 전후의 이 학생들은 서른의 나보다 더 다양한 경험을 했을지도 모른다. 학생들이라고 부르지만 어쩌면 나보다 더 어른일지도 모르는 나의 멘티들. 다음 멘토링에서는 멘토와 멘티를 구분하지 않고, 나 또한 그들로부터 삶을 배우기로 다짐했다.

이렇게 인생은 누군가의 꿈과 삶을 듣고 깨우칠 때 다시 한번 성장하는 것이다. 서로의 경험이 다르다 보니 타인의 삶을 간접적으로 경험하는 것에서 또 다른 배움이 생긴다. 인생의 길을 가르쳐 주는 사람도 멘토지만, 자신의 길을 보여 주며 타인에게 깨우침을 전하는 사람 또한 멘토다. 어쩌면 그날 우리는 서로의 멘토로서 굳건히 손을 잡고 있었는지도 모른다.

노력보다 질투가 쉽다

살다 보니 내 노력과 운을 질투하는 이들이 많아졌고, 덕분에 아주 피곤해졌다. 질투하는 사람들은 내게 멋진 남자친구가 생겨도 질투했고, 대학원에 합격해도 질투했고, 연봉이 올라도 질투했다. 생각해 보면 이 모든 일은 누구에게나 일어날 수 있는 사소하고 일상적인 것들이다. 내가 로또에 당첨되어서 갑자기 십억이 생겼을 때 질투해도 되는데, 지금까지 나열한 것들은 너무 유치한 질투 거리 아닌가.

처음 상대가 나를 질투한다고 느꼈을 때는, 저 사람은 나한테 왜 저러는 걸까? 이해하고 싶었다. 하지만 점점 나를 질투하는 이들이 많아지면서 나는 이해하려는 노력을 포기하기로 했다. 그들은 나만큼 노력하긴 어렵고, 그에 비해 질투는 너무 쉽기 때문에 '질투'를 선택한 것뿐이다.

나도 종종 다른 이들의 삶이 부럽지만, 그것이 질투로 이어지진 않게끔 한다. 저렇게 되기까지 노력을 많이 했겠구나, 혹은 운이 좋았겠구나, 하면서 타인의 삶을 초연하게 바라보는 편이다. 어차피 각자의 삶이라는 도형은 원형이나 정사각형처럼 단순하게 생긴 게 아니라, 백육십 오각형, 사다리꼴 원뿔형처럼 저마다 다른 모양을 지니고 있기 때문에 질투한다고 닮아지진 않는다.

노력은 길고 어렵지만 질투는 빠르고 쉽다. 누구나 다 그렇다. 하지만 다른 사람을 질투하는 것은 인생에 아무런 도움이 되지 않는다. 질투보다 노력이 앞선 이들은, 부러운 대상과 닮고 싶으면 자기 인생의 도형을 늘리고 깎으며 다듬는다. 그들은 기필코 노력한다. 우리는 질투보단 노력을 선택하자. 당신이 선택의 방향을 바꾸는 순간, 인생의 방향 또한 달라질 것이다.

선물 같은 사람에게

만날 때마다 선물을 주는 사람이 있다. 마케팅 스터디에서 알게 된 언니인데, 언니는 항상 만날 때마다 선물과 함께 나타났다. 어느 날은 언니가 SNS에 읽은 책을 올렸길래 「책 내용이 궁금해요.」라고 댓글을 달았더니 다음 만남에서 그 책을 가지고 나왔고, 어느 날은 약속 시간이 떴다고 소품 샵에 들러 귀여운 치약 짜개를 사 왔고, 또 다른 날에는 동네에서 식사하자고 불렀더니 화사한 꽃다발을 들고 나타났다. 우리와 함께 만나는 오빠는, 제발 약속 때마다 선물 좀 그만 사 오라고 언니의 지갑을 걱정해 주었지만, 언니는 누군가를 만났을 때 선물을 주는 것 자체가 좋다고 했다.

나는 누군가가 내게 호의를 베풀었을 때 똑같이 호의를 베풀어 주고, 누군가가 내게 선물을 주었을 때 똑같이 선물을 주지만, 대체로 먼저 호의를 베풀거나 선물을 주는 쪽은 아니다. 그런 면에서 만날 때마다 선물과 함께 등장하는 언니가 신기하면서도 부러웠다. 누군가에게 바라는 것 없이 단지 내가 좋아서 선물을 해 주는 언니의 예쁜 마음을 떠올리면 우리가 만나는 약속 자체가 선물 같다는 생각이 든다. 언니가 선물로 준 책, 치약 짜개, 꽃다발, 액자 등을 생각하면 언니와 만났던 날의 분위기가 그려진다. 언니가 줬던 선물을 바라보면 언니가 보인다.

몇 개월 뒤에 언니는 결혼을 한다. 만남을 소중히 생각하고, 만날 때마다 선물을 주는 것이 익숙한, 다정하고 섬세한 언니. 언니의 앞날을 축하해 주러 얼마나 많은 사람이 예쁜 마음을 가지고 올지, 한참 남은 언니의 결혼식이 벌써 설렌다.

언니의 결혼을 축하하며, 그동안 받았던 마음을 글로나마 보답한다.

평범과 비범

많은 사람들은 자기 삶이 그저 평범하길 바란다. 평범한 가정, 평범한 회사원, 평범한 취미 생활 등, 평범은 그 어디에 붙여 놔도 어색하지 않고, 넓은 보편성을 부여해 주는 단어다. 하지만 사람마다 평범의 기준이 달라서, 모두의 기준을 욱여넣기에 '평범'이란 매우 좁은 범위의 단어가 되어 버린다. 평범한 삶은 어떤 삶인 걸까? 어느 누구의 안줏거리에도 등장하지 않는, 부러움도 미움도 없는 삶인 걸까. 아니면 삶을 상중하로 나누었을 때 가운데 어딘가에서 머무르는 삶인 걸까.

나 또한 지금까지 살아오면서 평범을 동경했다. 내 인생을 여러 갈래의 폭으로 나누어 이 중에서 무엇이 평범하냐고 묻는다면, 대답할 수 있는 항목이 단 하나도 없을 정도의 극단적인 삶을 살았기 때문이다. 인생의 어떤 부분에서는 비범했고, 또 다른 부분에서는 평범을 동경할 만큼 어렵고 힘들었다. 직업도, 가정사도, 연애도, 그리고 성격까지도 유별났던 내게 평범은 사치였다고 생각한다. 하지만 온갖 일을 겪으며 세상을 바라보는 시각이 비범해진 것도 어쩌면 신이 주신 축복일 텐데, 왜 그동안 평범하기만을 바랐는지 모르겠다.

예전의 나는 평범을 동경했지만, 지금의 나는 삶의 여러 지점을 거치며 나만의 비범을 사랑하게 되었다. 각자마다 자신과 어울리는 삶이 있는데 평범만이 답이라며 나를 '평범'이라는 좁은 단어에 갇히게 만들었던 것 같다. 오랜만에 '평범'이라는 단어를 듣다가, 지금 넓게 펼쳐져 있는 날들을 평범이라는 좁은 단어에 집어넣기에는 인생이 너무 길다, 는 생각이 들었다.

각자마자 어울리는 삶이 있으니

평범만이 답은 아니야

친구와 거리두기

  돌아보니 내 옆에 계속 남는 친구들은 남았고, 떠날 친구들은 떠났다. 어렸을 때는 모든 친구가 소중해서, 우리가 멀어지는 것이 두려웠고 서로 상처를 주고받더라도 계속 관계를 이어 나갔다. 하지만 시간이 흐르면서 각자 사는 지역과 공통관심사 그리고 결혼 유무 등으로 친구들과 더 가까워지거나 멀어지게 되었다. 이것은 서른의 우리에겐 매우 자연스러운 현상이었다.

  시간의 이치와는 무관하게 내가 먼저 거리를 만드는 친구들도 생겨났다. 지난 시간 동안 내가 노력했던 것을 직접 보지 못해서 내가 이룬 성과들을 질투하는 친구도 있었고, 나를 둘러싸고 있는 소문을 직접 확인하지 않았으면서 엉뚱한 소문을 내는 친구도 있었다. 나를 피곤하고 슬프게 만드는 친구들은 더 이상 친구가 아니었다. 나는 친구라고 생각했는데 그에게는 내가 단순한 안줏거리였다는 사실에 날 밤을 새우기도 했다. 소심한 나는 몇 날 며칠을 고민한 끝에 친구와 거리 두는 기준을 세웠다.

1. 친구에게 쓰는 시간과 돈이 아깝다.
2. 친구의 말과 행동이 거슬려서 업무에 방해가 된다.
3. 친구가 나를 여러 번 울렸다.

이 세 가지 기준점이 흔들릴 때 더 이상 그 사람을 친구라 부르지 않고, 약속 또한 잡지 않기로 했다. 절교라는 단어를 굳이 입 밖으로 꺼내지 않고 그저 애매모호한 관계로 남겨 두기로 했다. 지금까지 누군가와 가까워지는 데는 기준이 없었다. 하지만 멀어지는 데는 기준이 있어야 스스로가 더 이상 상처받지 않는다는 것을 알게 되었다. 물론 나 또한 누군가와 계속해서 친구로 지내고 싶다면 지켜야 한다는 기준이기도 했다.

모든 인간관계는 살다 보면 자연스레 가까워지고 멀어지게 되어 있다. 하지만 나와 더 멀어지기 위해 애쓰는 친구는 친구가 아니다. 피하고 싶으면 피하고, 멀어지고 싶으면 멀어져도 된다.

내 선택을 믿는 지점

우리 삶은 크고 작은 선택들로 이어져 있다. 우리는 전공을 선택하고, 직장을 선택하고, 결혼 상대를 선택한다. 이런 장기적인 관점에서의 선택뿐만 아니라 생활 속에서 사소한 선택이 이어진다. 아침에 일어나서 오늘은 게으르게 지낼 것인지 혹은 남들보다 바쁘게 지낼 것인지 선택하고, 점심 식사를 한식을 먹을지 패스트푸드를 먹을지도 선택한다. 그리고 밖에서 비싼 커피를 마시고 기분을 낼지 집에서 저렴한 커피를 마시고 돈을 아낄지도 선택한다. 이렇게 수천 번의 선택들이 모여 나아가다 보면 인생의 변곡점을 마주하게 되는데, 이미 스스로 수천 번 선택을 해 왔음에도 타인의 말과 행동에 흔들리는 경우가 있다.

우리는 지금까지 해 왔던 스스로의 선택을 믿어야 한다. 순간의 선택들이 모여 나라는 인생이 진행되는 것이다. 그러므로 인생의 변곡점을 앞뒀을 때는 부모님 또는 선생님 그리고 친구들에게 조언을 구하되, 최종 선택은 자신에게 맡겨야 한다. 남들이 정해 주는 곳에 점을 찍지 말고, 스스로 원하는 곳에 점을 찍고 나아가야 한다. 후회와 기쁨을 남에게 돌리는 것보다 자신에게 돌리는 것이 훗날 성장이라는 기쁨을 안겨 주기 때문이다. 자신의 선택에 후회한다면 새로운 깨우침으로 또 다른 점을 찍고 나아갈 것이고, 기쁨을 얻는다면 자신감으로 또 다른 점을 찍고 나아갈 것이기 때문이다. 우리의 인생은 머물러 있지 않는다. 새로운 점을 찍고 계속해서 나아가도록 되어 있다. 그러므로 선택의 순간마다 자신의 마음이 가는 선택을 할 필요가 있다.

내 인생 그래프를 가장 잘 그려 나갈 수 있는 사람은 바로 나 자신이니까.

우리의 인생은 머물러 있지 않아

새로운 점을 찍고 계속해서 나아가

믿음과 행복이 스며든 사이

주변 친구 중에서 결혼을 빨리 한 편인 나는, 친구들에게 결혼을 한다고 알리자마자 많은 관심을 받았다. 아마 이 사람을 만나기 전까지만 해도 결혼 생각이 별로 없던 내가 갑자기 결혼을 한다고 해서 다들 놀랐을 것이다. 결혼을 준비하고, 결혼식을 진행하고, 결혼 생활을 하는 과정 모두 특별할 것 없는 일상의 한 순간들일 뿐인데 미혼자들의 눈에는 신기하고 특별하게 보였을 수도 있고.

어느 날 친구가 물었다. 너희는 부부 간에 믿음이 얼마나 크냐고. 자신은 이전에 좋지 않던 연애들로 믿음을 잃었던 터라, 누군가를 믿고 결혼을 생각하는 것이 두렵다고. 그래서, 서로를 믿고 결혼을 결심한 우리가 대단하다고 했다. 그런데 생각해 보니 나도 이전에 스쳐 지나온 인연들과는 '믿음'이라는 단어를 몇 번이나 생각해 봤었다. '이 사람은 나에게 왜 거짓말을 하지?', '저 사람은 나에게 믿음을 주기 위해 애쓰는구나.' 등등, '믿음'이라는 단어를 두고 오만 가지 생각을 했던 때가 있었다. 친구의 질문에 남편과 내 사이를 돌아보니, 그는 연애를 하면서도 그리고 결혼을 해서도 '믿음'이라는 단어조차 생각나지 않게 만드는 사람이었다. 나는 친구에게 "믿음이란 말을 너무 오랜만에 생각해 봤어. 결혼은 믿음이라는 단어조차 생각나지 않는 사람이랑 하는 게 아닐까."라고 대답해 주었다.

결혼 이후에 행복과 불행에 관한 글을 읽다가 아주 오랜만에 '지금 행복한가?'라고 스스로에게 질문을 던졌다. 결혼 전에는 오히려 불행하다고 느끼는 순간마다 '지금 행복하니?'라고 스스로에게 물으며 행복을 갈구했었다. 마치 행복이 인생의 필수 조건이자 인생의 목표인 사람마냥 기승전행복을 추구했었다. 하지만 결혼하고 나서는 스스로에게 너 지금 행복하냐고 확인할 필요 없이, 행복하고 평온한 나날들만 보내고 있다. 남편을 처음 만났던 날, 나를 안 지 한 시간도 안 된 사람에게 "행복하세요?"라고 묻고 "저는 행복해요."라고 자문자답하며 행복 혹은 똘끼를 자랑했던 때가 있었다. 그와 결혼한 나는 이제 그 어느 누구에게도 당신의 행복을 묻지 않고, 나의 행복을 자랑하지도 않는다. 행복이 온전히 스며든 삶을 살고 있기 때문이다.

아직 결혼을 하지 않은 친구들이 내게 왜 이 사람과 결혼했냐고 묻는다면, 우리 관계에서 '믿음'이라는 단어를 생각해 본 적 없을 정도로 서로를 믿고 있고, 우리의 인생에서 '행복'이라는 단어를 생각해 본 적 없을 정도로 서로에게 행복이 스며들었기 때문이라고 답한다. 믿음과 행복이 스며든 우리. 이 외에 어떤 결혼 조건이 또 필요하겠는가.

사람은 쉽게 변하지 않는다는 말

사람은 쉽게 변하지 않는다는 말이 있다. 주변만 봐도 한 사람이 쌓아 온 이십 년 된 습관이나 육십 년 된 아집은 쉽게 변하지 않는다. 하지만 '사람은 쉽게 변하지 않는다.'를 부정하며 자신을 긍정적으로 변화시키는 사람들도 종종 보인다. 이들은 자신의 틀을 깨기 위해서 늘 배우고 나아간다. 책을 읽고, 운동을 하고, 여행을 하고, 새로운 공간에서 사람들을 만난다.

사람은 쉽게 변하지 않지만, 건강한 습관이 쌓인 사람들의 몸과 마음은 서서히 변화할 수 있다. 오늘 내가 책을 읽고, 운동을 하고, 여행을 떠나고, 새로운 공간에서 사람들을 만난다고 해서 당장 변하지는 않는다. 하지만 오늘이 쌓여 한 달을 만들고, 일 년이 지나면 우리는 변화해 가고 있을 거다. 꾸준히 노력한 시간이 차곡차곡 쌓였을 때, 변화는 비로소 온다.

오늘 나의 노력이 모여 내일의 내가 되고, 내일 나의 노력이 모여 몇 년의 내가 된다. 그렇게 우리는 더 좋은 방향으로 변화하고 있다.

장례식과 파스

　삼십 대가 되면서 결혼식장과 장례식장을 많이 다니게 되었다. 함께 삼십 대를 맞이했던 한 친구는 봄에 결혼식으로 우리를 불렀고, 여름에는 어머니의 장례식으로 우리를 불렀다. 친구의 결혼식에 가는 길은 친구를 놀리고 축하해 줄 생각으로 신나는 발걸음이었지만, 친구 어머니 장례식을 가는 길의 발걸음은 어떠한 수식어를 붙여도 어렵고 무거울 뿐이었다. 서른이 된 해에 계절마다 기쁨과 슬픔을 겪은 친구의 심정은, 그걸 경험하지 않은 내가 전부 헤아리기엔 어려운 일이었다.

　어렵고 무거운 발걸음으로 향한 친구 어머니의 장례식장엔 나를 비롯한 몇몇 친구들이 도착해 있었다. 늘 식당이나 술집에서 만났던 친구들을 장례식장에서 만난다는 게 꽤나 어색하게 느껴졌다. 우리들은 조문 경험이 많지 않았기 때문이다. 어머니를 떠나 보낸 친구에게 다들 어색하지만 진심 담긴 위로를 하고 장례식을 떠나려던 차였다. 갑자기 어떤 친구 한 명이 가방에서 주섬주섬 검정 비닐봉지를 꺼내서 상주에게 전했다. 그 친구가 전달한 검정 비닐봉지 안에는 파스가 들어 있었다. 오늘부터 상주로 사람들을 맞이하려면 목과 무릎이 아플 것이라고 챙겨 온 것이었다. 나는 그 친구에게 섬세한 배려와 위로를 배웠다.

그날 이후로 나는 지인이 상주인 장례식장에 갈 때면 항상 파스를 사 간다. 누군가를 위로해 주는 방법을 배우면서 내가 점점 성숙한 어른과 가까워지고 있다고 느낀다.

칭찬 반복 재생

오랜만에 친구를 만났다. 벌써 알게 된 지 십여 년 정도 된 우리는 그동안 술잔을 수십 번도 더 부딪쳤고, 서로의 고민에 수백 번 맞장구를 쳐주었던 사이다. 그날 갑자기 친구는 지금까지 자기가 보아왔던 모습 중에 오늘의 희선이 제일 행복해 보이고 건강해 보인다는 칭찬을 해 주었다. 그리고 내 피부의 결부터 입술의 색깔까지 칭찬해 주었다. 칭찬은 머리부터 발끝까지 이어졌고, 술도 못하는 나지만 기분이 좋아 칭찬 한 번에 술잔 한 번을 부딪쳤다.

그리고 집에 돌아와서 거울을 보았는데, 머리부터 발끝까지 사랑스러운 내 자신을 발견했다. 그리고 앞으로도 딱 오늘만큼만 행복하고 건강해 보이는 모습으로 살고 싶다는 바람이 생겼다. 물론 술에 취해서 그런 생각이 든 건 아니다. 뜬금없는 친구의 칭찬으로 나는 거울 속에서 또 다른 나를 볼 수 있었다. 처음에는 반복 칭찬이 부담스러웠는데, 듣다 보니 세뇌를 당해서 정말 스스로가 그럴듯하게 느껴진 것이 신기했다.

나도 누군가에게 칭찬을 반복 재생해 주는 사람이 되어야지. 그 사람이 거울을 보고 자신을 사랑스러워할 수 있도록.

행복은 찰나에 존재한다

제주도로 신혼여행을 갔다. 우리가 제주도에 머무르는 4박 5일 동안 일기예보는 대체로 흐림이었다. 실제로 우리가 겪은 4박 5일의 날씨에는 눈과 우박 그리고 강풍까지 있었다. 궂은 날씨임에도 불구하고 우리는 계획한 여행 일정대로 4박 5일을 채워 갔다. 개인 온천이 있는 숙소에서 세 시간 넘게 온천을 즐기기도 했고, 2인 요리를 3인 요리로 변경해서 비싼 음식도 많이 먹었고, 제주도에만 있는 특별한 공연도 관람했다. 궂은 날씨를 잊고 우리만의 방식으로 풍요롭게 신혼여행을 보냈다.

남편에게 신혼여행 4박 5일 동안 어떤 것이 가장 행복했냐고 물었다. 그는 파도 피하기 내기를 하다가 자기 신발이 몽땅 젖었을 때였다고 답했다. 신혼여행 이틀 차였나. 눈비가 내리는 해변을 함께 걷고 있었는데, 남편이 파도를 늦게

피하는 사람이 밥을 사자며 내기를 제안했다. 나는 인생의 절반 이상을 바닷가 근처에서 살았기 때문에 파도를 잘 읽을 수 있었고, 육지에서만 살았던 남편은 파도를 잘 읽지 못하니 내기에서 질 게 뻔했다. 이미 내기의 승자는 정해져 있는 것 같은데 굳이 내기를 하자는 남편이 귀여워서 우리는 어린아이들처럼 파도를 보고 도망가고를 몇 번이나 반복했다. 그러다 내가 먼저 뛰어가는 0.5초 사이에 남편은 가만히 있다가 파도에 신발이 몽땅 젖어버렸다. 우리는 세상 사람들 아무도 모르는, 그러니까 우리만 아는 0.5초 찰나의 순간이 너무 웃겨서 젖은 신발로 해변을 거닐면서도 웃고, 새로 슬리퍼를 사러 편의점에 가면서도 웃고, 숙소에 도착해서 신발을 세탁할 때도 웃고, 신혼여행 마지막 날까지 똑같은 이야기를 꺼내며 계속 웃었다.

신혼여행을 와서 가장 행복했던 기억이 좋은 숙소일 수도, 맛있는 요리일 수도, 멋진 공연일 수도 있지만 바다에 신발을 적셨던 찰나의 순간이라고 말해 주는 남편이 있어서 앞으로 우리는 짧고 소소한 순간에도 크게 기뻐할 부부가 될 것 같은 느낌이 들었다. 행복은 찰나의 순간에 존재하고, 행복은 찰나의 순간을 기억하는 이 글에도 존재한다.

조언과 응원의 차이

어느 날, 스물여덟의 취준생 동생이 "언니, 저 같은 취준생에게 해줄 만한 조언 있어요? 채채언니는 인생 경험이 많으니까."라고 물었다. 고작 2년을 더 살았다는 이유로 언니라 불리지만, 동생보다 인생 경험이 많은 것은 맞지만, 나는 취업 경험이 없는 언니였다. 동생은 프리랜서 N년 차 언니에게 취업 준비 조언을 구할 만큼 간절했던 거 같다.

하지만 나는 조언해 달라는 요청을 단호하게 거절했다. 취업이 아니라 돈 모으는 방법이나 연애 잘하는 방법을 묻는다면 충분히 조언해 줄 수 있지만, 회사 취업을 준비한 적이 단 한 번도 없어서 조언하기가 조심스러운 마음을 전했다. 언니의 마음으로 네 취업 준비를 응원하는 것은 얼마든지 할 수 있지만, 취준을 잘 모르는 언니라서 조언은 어렵다고.

나는 해 보지도 않은 사람들의 조언을 들을 때 종종 상처를 받는다. "나라면 이렇게 했을 텐데.", "넌 왜 요즘 열심히 활동 안 해?"와 같은 조언을 듣는 날엔 내 인생을 되돌아보느라 밤잠을 설치기도 한다. 그렇기에 누군가가 내게 조언을 구하면 일단 곰곰이 생각해 본다. 나는 상대방과 비슷한 경험을 했는가? 이 경험으로 어떤 깨우침을 얻었는가? 그리고 이 두 가지의 질문에 따라 조언과 응원으로 나누어서 방향을 제시해 준다.

조언이라는 것은 응원보다 어렵고 조심스러운 일이다. 그러므로 누군가가 당신이 전혀 해 본 적 없는 경험의 조언을 구한다면, 어떤 조언부터 해 줄 것인지가 아니라 어떤 응원부터 해 줄지 생각해 보라.

물건을 사지 말고
경험을 사세요

어느 날 친구는 요즘 직장도 지루하고, 사회관계도 복잡하다며 내게 "뭘 해야 행복해질 수 있을까?"라고 물었다. 나는 지금까지 안 해 봤던 것에 도전해 보라고 했다. 비 오는 날에 한라산 등산하면서 드라마 〈내 이름은 김삼순〉 패러디하기, 피어싱 가게에 들어가서 혓바닥 피어싱하고 강제 다이어트 하기, 흰머리로 탈색하고 미리 할아버지처럼 살아보기 등을 추천했다. 친구는 엉뚱하고 재미있긴 한데 자기가 할 수 있을지 잘 모르겠다고 했다. 아마 충동적으로 무엇인가를 하기에는 사회적 시선이 두렵거나, 지금까지 한번도 나처럼 살지 않아서일 수도 있다.

누군가 내게 언제 행복했냐고 묻는다면 나는 좋은 물건을 샀을 때보다, 좋은 시간을 샀을 때라고 답할 거다. 비 오는 날에 한라산에서 울면서 김밥을 먹었던 시간, 친구랑 함께 마라톤을 뛰다가 배고프다는 이유로 각자 집으로 갔던 시간, 오늘따라 내가 예뻐 보여서 어디 쓰지도 않을 증명사진을 찍고 나를 기록했던 시간 등을 말이다.

어떤 물건에 돈을 쓰는 게 행복을 가져다 줄 수도 있겠지만, 나는 돈으로 경험을 샀을 때 더 행복했다. 경험이라는 것은 아무도 가질 수 없는 나만의 것이니까. 여러분도 행복해지고 싶다면 평생 기억에 남을 경험을 사세요.

많이 넘어진 사람은
어떤 길도 갈 수 있다

　인생 전반적으로 굴곡진 길을 걸어왔다. 그래서 어렸을 때는 평탄한 길로만 걷는 사람들을 보면 부러웠다. 그들의 인생에는 상처나 좌절 같은 단어란 존재하지 않는 것처럼 보였기 때문이다. 그때는 몰랐지만 크고 나니까 살면서 눈물을 한 번도 흘리지 않은 사람은 없다는 것을 알게 되었다. 다만 눈물을 얼마나 빨리 그치느냐의 문제였을 뿐.

　지금까지 내가 걸어왔던 길은 극과 극이었다. 어떤 날은 길이 아니라 늪에 빠져 있느라 걸음을 뗄 수조차 없었고, 어떤 날은 내가 스스로 걷지 않아도 수많은 사람이 행가래를 쳐 주는 꽃길을 걷기도 했고, 어떤 날은 길에 모난 돌이 많아서 걸어도 걸어도 아프기만 했다. 나는 그 과정에서 많이 넘어졌고, 많이 울고 다짐했고, 계속해서 앞만 보고 걸어 나갔다.

이렇듯 우리의 인생에는 하루하루 새로운 길들이 펼쳐진다. 우리의 작은 선택 또한 어찌 보면 인생의 작은 길이다. 그렇게 볼 때, 인생에 어떤 길이 펼쳐졌느냐 보다는 어떤 길이 펼쳐졌을 때 어떤 마음을 가졌느냐가 중요하다. 살다 보면 앞에 쉬운 길이 있어도 게으름으로 좌절하느라 못 걷는 날이 있는 반면, 굴곡 있는 돌산이 나타나도 기운이 넘쳐 뛰어가는 날도 있지 않은가.

당신이 넘어졌다면 혹은 지금까지 많이 넘어져 봤다면, 많이 넘어진 사람은 어떤 길도 잘 갈 수 있다고 말해 주고 싶다. 그리고 당신이 가는 길이 어떤 길이든, 다음에 펼쳐질 길에 희망을 품고 걸으면 된다고. 그러니까 지금의 길은 어찌 됐든 지나가는 길이라고 말해 주고 싶다. 내가 그랬던 것처럼 당신도 이 길을 잘 헤쳐 나갈 것이라고 믿는다.

많이 넘어진 사람은

어떤 길도 잘 갈 수 있어

꿈을 그리는 이에게
찾아오는 기회

어렸을 때부터 하고 싶은 일이 있으면 계속해서 상상하는 습관을 가졌다. 모두 '언젠가는'이라는 단어를 붙이고 막연히 상상했다. 언젠가는 코미디 프로그램 무대에 서고 싶다, 언젠가는 명절에 생방송을 하느라 고향에 내려가지 않는 영광을 누리고 싶다, 언젠가는 내 이름으로 된 책을 내고 싶다 등등…….

나의 다양한 모습을 상상하는 습관은 노력과도 이어졌다. 스스로에게 멋진 모습을 보여 주고 싶어서 다분히 노력했고, 노력할 때마다 그걸 이룰 기회들도 우연히 찾아왔다. 코미디 프로그램 무대에 서고 싶다는 상상은 갑자기 어느 날 아는 PD님께서 코미디빅리그 무대에 서는 것을 제안해 주신 덕분에 이루어졌다. 명절에 생방송을 하느라 고향에 내려가지 않는 영광 또한 추석 컨셉으로 TV프로그램

생방송을 진행하면서 이루어졌다. 내 이름으로 된 책도 곧 나온다.

살아보니 내가 간절히 상상했던 내 모습은 대부분 비슷하게 이뤄졌다. 나는 계속해서 상상하고 노력하는 사람은 그 모습에 가까이 갈 수 있게 된다는 걸 믿는다. 결국 계속해서 꿈을 그리는 사람에게는 그에 맞는 기회가 찾아 온다.

에필로그

내가 당신의 손을 잡아 줄게요

　인생에서 손꼽게 힘들었던 시기에 제 인생 버킷 리스트였던 수필 출간 제안이 왔습니다. 몸도 맘도 모두 엉망진창이었을 때 인생에서 손꼽는 기회가 찾아오다니 신기하죠? 보세요. 인생은 나쁜 일 다음에는 항상 좋은 일이 일어난답니다. 오늘 하루 넘어졌다면 일단 조금 쉬고요, 내일 일어나서 씩씩하게 걸으면 됩니다. 여러분의 손을 제가 잡아 드릴게요.

그동안 제가 넘어졌을 때, 수십만 명의 구독자들이 제 손을 잡아주고 일어나라고 말해 주었어요. 유튜버 '채채'의 동영상을 보고, 작가 '채희선'의 글까지 읽어 주신 나의 오랜 벗들(구독자)에게 뜨거운 마음을 전합니다. 동영상 속 채채는 웃음을 전하고, 글 속 채희선은 위로와 격려를 전하네요. 저의 문장들이 당신의 삶에 다양한 모양새로 영향을 끼쳤으면 좋겠습니다.

감사하다는 말 외에 더 훌륭한 문장이 있으면 당신들의 이름 앞에 붙여 두고 싶을 정도로 감사합니다.

채희선 드림

오히려 좋아

1판 1쇄 인쇄 2022년 04월 12일
1판 1쇄 발행 2022년 04월 20일

지 은 이 채희선

발 행 인 정영욱
기획편집 정해나 라윤형
디 자 인 정해나

펴낸곳 (주)부크럼
전 화 070-5138-9971~3 (도서기획제작팀)
홈페이지 www.bookrum.co.kr
이메일 editor@bookrum.co.kr
인스타그램 @bookrum.official
블로그 blog.naver.com/s2mfairy
포스트 post.naver.com/s2mfairy

ⓒ 채희선(채채), 2022
ISBN 979-11-6214-395-7 (03800)